寂寞的季节

Four Seasons of Loneliness

叶蘅 著

陕西新华出版
太白文艺出版社·西安

图书在版编目（CIP）数据

寂寞的季节 / 叶蘅著. -- 西安：太白文艺出版社，
2025. 1. -- ISBN 978-7-5513-2879-1
Ⅰ. I247.5
中国国家版本馆CIP数据核字第20242KJ804号

寂寞的季节
JIMO DE JIJIE

作　　者	叶　蘅
图书策划	戴笑诺　常楷械
责任编辑	赵甲思　慕鹏帅
封面设计	若妍RY　郑江迪
版式设计	建明文化
出版发行	太白文艺出版社
经　　销	新华书店
印　　刷	陕西金德佳印务有限公司
开　　本	880mm×1230mm　1/32
字　　数	190千字
印　　张	7.625
版　　次	2025年1月第1版
印　　次	2025年1月第1次印刷
书　　号	ISBN 978-7-5513-2879-1
定　　价	49.00元

版权所有 翻印必究
如有印装质量问题，可寄出版社印制部调换
联系电话：029-81206800
出版社地址：西安市曲江新区登高路1388号（邮编：710061）
营销中心电话：029-87277748　029-87217872

楔子

（一）

不知从何时开始，人们成为自己的设计师，为血肉之躯冠以不同的头衔与名字。

如果设计只针对自身，便是很私人的事情，但偏偏有人喜欢用言语包装他人。

无论美德还是恶行，他们夸大其词，如目击或身临其境，将虚构讲述得绘声绘色。

谎言与真相变得越发难以区分。

众口难辩，当事人只能噤声，否则污言秽语愈盛。

谎言讨厌被真相反驳，真相反感被谎言污蔑。

但赢家只有一个。

真相与谎言的对垒，从来没有平局。

楔子

（二）

二〇一九年十月，国庆长假刚刚结束，六月入梅的雨季已过，但上海仍有挥之不去的潮气，这种湿热天气闷热难忍。

亨唐服装厂的制衣车间里，一张张比邻的桌子，缝纫机前一张张忙碌女工的脸，几乎每个人都准备了手帕方巾，用来擦拭额头密布的汗珠。

她们有些人刚刚成年，稚气未脱；有些人初为母亲，刚出月子，小腹赘肉未消，因胀奶导致一对乳房饱满；还有些人到了做奶奶的年纪，戴着老花镜，做起工来却又手艺娴熟。

缝纫机嗒嗒工作着，满眼望去，硕大厂房挤满了人。

这是一个属于女人的空间，却又像是关押她们的笼子。

一张靠角落的工作台空着，成为巡视员目光所及范围内的小小缺角，巡视员一扫而过，不去追究，早就习以为常了。

没人察觉程小雪不在工位上，又或者说，她的缺席被所有人忽略了。

自从那件事发生后，程小雪便如自己工作台的位置般，置身于人群的边缘。她的身影不被任何人看到，她的声音也不再被任何人听见。这种忽略，已经持续了整整一个月。

有女工裁剪下多余的布料，随手丢入身旁的红色垃圾桶。

废弃布料边缘的脱丝，像女人被揪乱的头发，令人心绪凌乱不堪。缝纫机压脚压着新布料，快速走过机针与底梭的万线千针。

楔子

(三)

通往公共卫生间的通道狭窄,打扫卫生的鹃姐每天要将走廊与卫生间的青石地面拖上十数遍。

地面潮湿得厉害,滋生的蟑螂与潮虫随时出没。

瞧,她又踩死一只。

不顾虫卵繁殖的潜在可能,鹃姐直接用墩布清理了案发现场。

每天除去要打扫卫生,她还要注意挂在墙上的湿度计。卫生和消防问题是服装厂的重中之重,即使梅雨季节已过,巡视员仍然提心吊胆。厂里的含棉布料、衣物大量堆积,受潮后容易放热自燃,导致火灾,所以监控空气湿度变得十分重要,马虎不得。

挂有湿度计的那面墙,塑料桶放在旁边,投洗墩布的水已经变成乌黑色。鹃姐用腋窝将墩布夹住,双手拎起水桶,靠腰部发力,吃力地朝卫生间走去。

倒掉污水,换新水,一切都要在洗手池完成。

等水桶重新盛满水,她还得再拎回原处,继续清理被忽略的边边角角。鹃姐的腰到雨季离不开热贴,她不像制衣车间的女工们,每天可以坐着干活儿。

真是享福啊！

但鹃姐其实清楚，这人世间的工作，各有各的辛苦，谁也不比谁活得轻松。

她半小时前才倒过一次厕所垃圾，但还剩下一个隔间没打扫。工厂有卫生员，会不定时来检查，上个月厂里刚刚发布新规，设立了评分制度，得分与她每月的收入直接挂钩。隔间的门始终关着，不知道是不是换了新的使用者，但在这半个钟头里，鹃姐一直在拖门外的走廊，不见有人进出。

水桶还在接水，水流不慢，但要接满还需一些时间。

鹃姐不愿干等，大步走到隔间门外，轻拍起隔间不厚的门板。

"有人吗？"她喊了几声，无人回应。

鹃姐抽动鼻子嗅闻，闻到某种味道，略感刺鼻，突然产生一种不好的预感，开始用力拍打门板，最后拍打改为捶击，仍得不到回应。

顾不上还在接水的桶，她脚步急促地向卫生间外跑去。

隔间的门反锁着，里面躲着一个二十岁出头的女孩，她衣着整齐，穿着服装厂制衣车间的统一制服，大大的眼睛安在一张瘦削的脸上，面色像多日未进食般惨白。

女孩身上散发着沉沉死气，工牌别在外套的右胸口处，上面写着程小雪的名字，还有一张她露齿微笑的照片。照片上的脸比现在圆润，眼睛也要有神得多。

她脚下摆着几个空了的白酒瓶，她拧开一瓶新的，把酒倒在手里的方巾上，努力擦拭起隔板上的笔迹——

那是满墙字体大小不一、用料不同、色彩各异的污言秽语，甚至还写有程小雪的手机号和身份证号。

一定是人事处的那帮人。

女工的档案全部堆放在人事处老旧的铁皮柜子里，信息被录入电脑管理系统后，这些纸质资料便无用了，却仍作为备份保留，用一把铜锁锁了起来。

人事处的那帮男工闲暇无事时，便常将厂里女工的档案翻出来，看着资料上的照片指指点点，边抽烟边说些难听的话，胆子大的还会往女工的手机上发些带颜色的笑话和疯言疯语。

程小雪不愿再想下去。

她的手那么小，手指又那么细，此刻擦拭起隔板却分外用力。

有些字被擦掉了，有些字被擦花了，还有些字，不管她如何擦拭都无法抹去。除去字迹，隔板上还有刻痕，之前被油笔字迹盖住，现在细瞧，刻下来的话比写出来的更为刻薄难听。

程小雪手里的方巾掉在地上，她的腿早已无力支撑身体的重量，却僵在原地无法走动或者弯曲。

它们擦不掉，会一直留在这里。

除非将卫生间推翻重建，又或是将墙面重新刷漆。

漆？

程小雪突然想到了什么，隔间反锁的门终于打开，她夺门而出，向走廊跑去。清洁女工刚才接水时忘关水龙头，水以潮涌般的速度流出来，将水桶灌满，又沿桶边缘溢出。

大部分水顺着下水道流去，在漏水口形成小小的漩涡。

还有些水没来得及流入漏水口，沿水池边沿滑落，最后全部滴到了地上，如河流般顺着瓷砖的坡度流向角落。

椭圆形鼠妇喜欢湿潮的环境，却被流水淹没。

挣扎，逃离，无果。

溺死，静止，漂浮。

鼠妇变得一动不动。

它被水卷着，一起流入角落里的漏水口。

这里如同无事发生，流水仍哗哗响着，像雨声。

目录

001 第一章 —— 缺角的城堡
043 第二章 —— 迷宫的出口
079 第三章 —— 陌生的室友
120 第四章 —— 是非的言语
151 第五章 —— 父亲的搜寻
187 第六章 —— 沉默的房间
217 尾声（一）
224 尾声（二）
228 尾声（三）
231 后记

下午,我倚在窗台上,望见邻家的天井,也是和这边一样的,高墙四面围定的一小块地方。有两个圆头圆脑的小女孩坐在大门口青石门槛上顽耍。冬天,都穿得袍儿套儿的,两扇黑漆板门开着,珊瑚红的旧春联上映着一角斜阳。那情形使人想起丁玲描写的她自己的童年。

——张爱玲《异乡记》

第一章
缺角的城堡

1

西平市文成桥位于以前的国有水产门市部旁边，常见渔民在桥上摆摊，后来市政府在桥南侧修路，便有了盛极一时的鱼市街。

街上有春盛副食店和米花铺百货，那时候买鱼会用马莲或铁条串起来。鱼市街挨着的南阳路一九四九年前是农民进城的主干道，一九四九年后修成四车道的马路，旁边又划地建起了西平公园。

如今这里成了百姓市场，二十世纪九十年代，西平公园旁边修建起两层楼的门市房，现在大部分是拍婚纱照的影楼。一到周末，进进出出的都是成双成对的年轻男女。

公园南门如平日般有卖红薯、气球、手套的地摊，商贩口中呼出的白气，表明室外温度很低。

距离西平公园元旦举办的冰雕展览不到一个月，早晨还不到八点，程祚山就带着工具来到公园西北角。这里专门设有守卫人员，负责检查每个人的工作证件，登记好每个人的姓名和电话，然后才能放行。

守卫人员与程祚山很熟，他们以前都在市桥梁厂工作，便免去了登记的烦琐流程，他帮程祚山在表格上签下姓名与电话，很快放行。

进入公园，先要经过一片松树林，小路铺有青石砖，不用担心走错。出了林子,有一面石墙,石墙东侧建有室外篮球场,西侧是供人行走的混凝土路面,上铺章丹色树脂薄层。

沿步行道往北再走几十米,就到了人工湖边要办冰雕展览的活动区。

程祚山今年要雕的是一座城堡。女儿雯雯今年九岁,在红桥小学读三年级,喜欢看迪士尼动画片。后来迪士尼在上海开办主题乐园,雯雯想去,可门票价格不菲,加之路途遥远,程祚山当时还要照顾年迈的母亲,抽身不能,便只好一次次搪塞她。

雯雯起初还会追问,后来便不再提了。

出于为人父的愧疚,程祚山打算趁冰雕展览之际弥补对女儿的亏欠。

锤子、刨子等做冰雕用的工具都在老旧木箱里,木箱用的是月牙锁,样式不新,拧钥匙略感阻塞,要用巧劲才能找准角度。程祚山单肩挎着的帆布包里装的是从书店买来的儿童绘本,翻开封面后,绘本首页有城堡的图片。

之前程祚山在复印店彩印过一张上海迪士尼乐园城堡的照片,还特意让复印店放大了城堡的一些局部细节。

等雯雯看到最终成果,应该会很开心吧!

想到这里,程祚山在冰雕上凿了起来。

手机被刻意调成振动,不时发出响动,程祚山并不打算理会。他小心翼翼地继续雕刻起城堡的拱形门梁,这里要求力度轻重要如炒菜般注意火候。手机持续不断的振动声刺耳、磨人,令人厌烦,程祚山索性关机,开始雕琢起塔尖一角。

外面突然响起的彩铃,让他没能控制好手的力道,一锤下去,直接将城堡的一角敲掉了半边。

群艺馆一起工作的同事毛超露出头来,将手里的手机朝程祚山递去，轻声说道：

"哥，嫂子的电话。"

程祚山接过电话，强压着怨气问："怎么了？"

"打你电话为啥不接？你干啥呢？手机咋还关机了？"

陈虹那边的声音歇斯底里。她嗓门儿大，电话不开扬声器也能听清咒骂声。毛超下意识地往远处走了几步，两家人平时常有来往，他知道这个嫂子是什么脾气。

"出什么事了？"话筒那边雯雯的哭声很响，程祚山有些发慌，"你别吓着孩子，我马上回去。"

电话被陈虹直接挂断，连句寒暄客套的话也没讲。

程祚山把手机递给毛超。作为朋友，毛超不方便过问太多，但一句话不说也略显尴尬，只好硬着头皮问道：

"家里有急事吧？"

"嗯。"

程祚山点了点头，焦急地将工具收回木箱。

"这掉下来的边角咋整？要不我帮你补上？"

"等我明天来了再弄吧，先这么放着。"程祚山背起木箱，"走了。"

毛超不再说话，只是颔首。

背着木箱跟帆布包的程祚山走起路来重心偏向一边。毛超不知该如何评价自己的这位朋友。他们相识近二十年，酒桌上的程祚山话多、幽默，下了酒桌跟生人热情谦让，对熟人反而有些寡言冷漠。

或许是怕多说多错吧。

程祚山难以捉摸的性格，做朋友刚好，但做父亲或是丈夫就显得有些情绪化了。

毛超站在原地盯着老朋友渐行渐远的背影，准备继续去雕自己的龙舟，扭头瞥见刚才被程祚山敲掉的城堡一角。冰块落在地上，碎成了大小不一的几块冰碴，正悄无声息地融化着。

程祚山把车停在公园对面路边的车位上，这是一辆部分底漆已然剥落、生出铁锈的面包车。

木箱放在后备厢，里面堆放着一些纸壳板，那是他答应陈虹要带回家里的。

也不知道雯雯现在是不是还在哭，程祚山急于知晓缘由。但面包车好像故意在与他怄气，反复拧钥匙也打不着火，这让程祚山想起母亲以前怎么也不肯换掉的那台洗衣机。

再试一次吧，如果不行，就先把车停在这里。

这辆车的公里数太多，年头太久，或许该换掉了。

这么想着，程祚山再次拧动钥匙。

面包车像是知晓他的想法似的，怕雇主真把自己送去废车场变成废铁，于是终于发动起来。

有点亏气的轮胎不知道补过多少回，正一瘸一拐地向远处驶去。

2

陕东省，西平市。

铁道职工家属院的一座老式民居，三楼，原先是程祚山母亲的房子，两室一厅，七十多平方米的建筑面积，因为采光好，房间并不显得逼仄与压抑。厨房跟客厅的窗户朝北，两间卧室窗户朝南，以前的旧窗帘早已被陈虹摘去，她现在正将客厅的壁纸撕掉，放在一个废弃不用的塑料袋里。

陈虹戴袖套、穿雨鞋，她头发半长不短，用黑色皮筋绑成了马尾辫，剩下一绺刘海儿不时干扰视线，只好用女儿的发卡暂时固定住。

面积较小的那间屋，原先粉刷的白漆早已泛黄，又有无数细小的划痕与磕碰过的缺口。陈虹用滚刷将成桶的乳白色油漆自上至下涂在上面，新旧差异很明显。

地面用以前的老报纸铺满，她原本打算将老房子的木地板全部更换掉，但在建材城一天逛下来，两居室的房子地板全部更换要花上几千块，实在是不划算，只好作罢。

油漆也是，打着环保宣传口号的品牌店，声称买漆就免费赠送油工上门粉刷，但这种促销方式只是听上去物美价廉。

陈虹精明，知道油工工钱早就包含在买漆的费用里了。

女儿雯雯正读小学，陈虹着急搬入新居，因担心甲醛超标，油漆不敢将就，于是同品牌店讨价还价，最后商定不用油工上门，三桶漆只花了两桶的钱。

陈虹以前做保洁，接散活儿，后来和同行几个姐妹一起在妇幼医院西侧租下一间门市房。那里以前是卖烟酒瓜子的杂货店，陈虹接手后改做保洁，注册了个体工商户，服务明码标价。几个姐妹的客源聚拢到一起，她们干起活儿来手脚麻利，生意不断，买卖逐渐有了起色。

但好景不长，其他同行眼红，于是在这条不长的街上纷纷开办起月嫂服务跟居家保姆介绍所，要求持证上岗。又有不知从何处来的保洁公司加盟，员工统一制服，而且全部是年轻女孩，店里打印出的宣传海报上，那些女孩子个个穿着短裙和黑色丝袜。

她们是否能把客户的家打扫得更干净，还是说有打擦边球的秘而不宣的特殊服务项目，陈虹不清楚。

她只专心做好自己的工作，将客户家的地板擦拭得锃亮如新。

隔壁的制服保洁与月嫂中介的生意火爆，让陈虹不得不降低收费标准，后来收入同房租难以持平，只好关门大吉。

她现在靠着旧主顾的信任，用清洁工作将日常生活塞满，没了门市的房租压力，只要吃得了每天弯腰打扫的苦，倒也算得上是小有盈余。

陈虹节俭，喜欢攒钱。原本雯雯就读小学后，程祚山同陈虹商议，想将现在住的一居室换成两居室，可她舍不得。之前陈虹炒股亏了钱，便不再相信股票跟其他理财类产品，手里的钱全部放到银行存了定期。

虽然难以对抗货币贬值，但至少安全。

她好不容易重新攒下积蓄，不想将钱换成新房子。陈虹结婚前果敢，是想做什么就会立刻行动的性格；结婚后果敢不见，开始谨慎起来，只求安稳。

程祚山的母亲过世后空出的铁路里的老房子，离雯雯就读的小学不远，陈虹打算把家搬到这里，把现在居住的这套一居室出租，用来偿还每月的贷款。

程母生活有条理，从不胡乱堆放东西，将物品分类整理进塑料储物箱，贴好类名后统一放在主卧角落，免去了陈虹不少麻烦。

家具、装潢只是老旧，稍一收拾就好。

难处理的是这里的厨房，老式抽油烟机用了近二十年，其间程祚山修过几次，还是经常罢工，弄得墙面瓷砖上满是油渍，就算是用钢丝球刷也难以清除。

陈虹看手机短视频的时候，在直播间拍下了清理重油污用的洗洁剂，广告宣传的一擦净，实际上只是噱头。

抽油烟机还是换掉吧，还有客厅不知坏了多久的电视机。

她掏出手机在备忘录上记下要更换的家电，可还没来得及打字，手机突然响了。

来电是雯雯的班主任。

可是这个时间,学校应该还没下课啊……陈虹忙将电话接通。

"喂,陈老师!"

……

六〇一室那扇锈迹斑斑的防盗门被陈虹打开,随即又用力关上,震下几块门檐处的墙皮。陈虹来不及换衣服,急匆匆地沿楼梯往下跑去。

雯雯出事了。

那双跑起来不跟脚的雨鞋,正磨着陈虹的脚后跟,但她已经顾不上了。

红桥小学在西平市的泗水路,正对着四季青批发市场,加上道路狭窄,常常拥堵。陈虹骑电动车走非机动车道逆行,绿化区外的停车区紧靠着学校的围墙,她将车锁好,摘下沾上油漆的围裙匆匆塞入车筐。

向学校门卫说明来意,电子闸门打开,她快步向教学楼跑去。

上体育课的高年级学生正在操场上踢球,持球男生盘带技术过人,抬脚正要将球踢向球门,没想到脚刚与球面接触,足球竟突然爆掉。

爆破声惊到了陈虹,她脚步踉跄,险些跌倒,从脚趾处传来一阵刺痛。她无暇多顾,继续大步向前,进了教学楼。

陈虹很快抵达教师办公室,女儿雯雯正和一个胖乎乎的男孩坐在里面。

男孩叫沈沫。雯雯不止一次提到过,有个叫沈沫的男生特烦人,总喜欢拽女生的辫子。

沈沫旁边站着一个三十岁左右的女性,黄色短发,穿紧身牛仔裤跟白色羽绒大衣，同陈虹穿的棉袄外套相比，更衬出其羽绒服的昂贵与崭新。

不知道对方的脸上动没动过刀子，总之她鼻梁高挺，也瞧不见皱纹。不管怎么看，都不像是一个九岁男孩的母亲。

"雯雯妈妈，耽误你工作了。"班主任陈老师跟陈虹很熟。陈老师教语文，雯雯字写得好看，跟长相一样漂亮，很讨老师喜欢。

但沈沫妈妈反应不同，陈虹身上的油漆味让她不自觉掩住口鼻，随后才意识到不太礼貌，又把手放了下去。

"我是沈沫的妈妈，不好意思啊，两个孩子闹了点矛盾。"

"课间的时候，沈沫跟雯雯起了些争执，沈沫拽她的辫子，雯雯就把他推倒了……小孩子，不太懂得控制情绪，打闹起来也没轻没重的，他用书砸了下雯雯，书角把她的额头这里划了道口子。"

陈老师边说话边从旁边搬了个凳子给陈虹坐，可陈虹不理，她走到女儿面前蹲下，轻轻揭下雯雯额头的创可贴。

伤口已经不流血了，小小的口子，看起来不算严重。

"校医看过了，说只是蹭破点皮，不会留疤。"沈沫妈妈连忙补充道，"姐，这事儿呢，是我家孩子做得不对，刚才沫沫也跟雯雯道过歉了。"

"道歉管什么用啊？要不这样，让我闺女给你儿子脸上也开一道口子，再跟你家孩子说声对不起。"

"这小孩子也不是故意的……"

陈虹语气强硬，直接打断对方："这是没出什么事！脸上要是留疤了怎么办？是你能负责，还是学校能负责？"

"现在不是没事吗？"沈沫妈妈有些恼怒，但仍极力克制着。

"出了事咱们就不在学校说话了！教育孩子，不能总是马后炮吧？"

沈沫妈妈终于忍不住了，大声说道：

"雯雯妈，你能别没事找事吗？"

"谁没事找事啊？你家孩子调皮捣蛋，这个问题，我跟学校提过多少次了，学校不重视，做家长的也不管！"

陈虹嗓门儿大，雯雯的脸涨得通红，在旁边拽了拽母亲的衣角，九岁的孩子已经能够看出母亲是在借题发挥，有些无理取闹了。

"都是做家长的，别得理不饶人。"沈沫妈妈虽然嘴上这么说，但明显压低了声调，"孩子都在旁边看着呢！"

"就是因为有孩子在，当家长的才不能息事宁人。"

"这件事两个孩子都有错，你们先冷静一下。"陈老师上前劝解，"孩子们都很懂事，已经知道自己不对了。"

"这年头，谁老实谁挨欺负，谁懂事就活该吃亏！"陈虹有些心直口快，没有顾及陈老师的立场。

"你闺女老实？"对方挺直脊背，突然抓住反击的话柄，"上次她找人吓唬我儿子的事，还没找你算账呢。"

"一个九岁的孩子，能找谁吓唬你儿子？你蒙谁呢？"

"她姐。"一直默不作声的沈沫怯生生地讲道，"她姐说，我再拽雯雯的辫子，就把我的头发薅光。"

"整明白了吧？"沈沫妈妈有了底气，语气愤然起来，"我儿子回家我自己收拾……你呀，也别光顾着教训别人，想想怎么管好自己家孩子吧！"

话音刚一落地，女人就把沈沫从凳子上拉起来，拽着手臂往外面走。

沈沫侧过头，看向雯雯，跟她摆手打了招呼，雯雯也挥手回应。

两个孩子并没有结下什么仇，反倒是家长吵得厉害。

陈虹瞅了女儿一眼，雯雯避开母亲的视线，不敢与母亲对视。

"这件事我们也有责任。"陈老师感到尴尬,"可毕竟是孩子们的事,闹大了对学校影响不好……不好意思啊,让您跟雯雯受委屈了。"

陈老师说完,摸了摸雯雯的头,这是她无奈却善意的安抚。

"带孩子回家休息一下吧。"

从学校走出,陈虹骑电动车带雯雯往家的方向骑去,不知道为什么,她心里憋着口气喘不上来,堵得人直发抖。

走到十字路口,遇红灯等待期间,陈虹话噎在喉头,一句也说不出。

母女二人回到家里,陈虹脱下雨鞋,这才瞧见灰色袜子被戳破,露出的脚趾正流着血。她从电视柜的抽屉里取出碘酒与棉签,对受伤部位进行简单处理,雯雯一直在旁边看着,一言不发。

两个人身处逼仄而狭小的空间,陈虹终于开口问道:"什么时候的事?"

"上学期。"雯雯怯怯地说。

"你姐自己要去的,还是你让她去的?"

雯雯想了想,点了点头,随即脑袋又像拨浪鼓般摇了两下。

"说话!"

陈虹发起火来,用力在桌子上拍了几下。

雯雯吓坏了,不敢作声,哽咽着,突然哇的一声哭了起来。

这件事不能就此作罢。

想到这里,陈虹拿出手机拨通了程祚山的号码。

3

程柞山现在住的小区，南侧紧挨火车道，东西两边分别挨着技校跟物流公司，只有小区北面能够自由进出。

所以这里又被人称作单面楼。

早晚高峰期北门外的那条路堵得厉害，加上小区楼房年久失修，大部分在住人员都是外来务工的租户，常常发生纠纷，治安混乱。这栋十多年前建的高层住宅楼售价便宜，可为了买这套只有一居室的房子，程柞山夫妻还欠着房贷，每月要还八百多块。

还房贷算不上有压力，花销大部分都在女儿的兴趣班上。

钢琴课按几下黑白格琴键，一节课就要三百块，简直贵得吓人。

程柞山不知道学钢琴以后能有什么用。

单面楼的家里没有空间摆放钢琴给雯雯平时练习，而且购买一架钢琴的费用昂贵，就算是二手的也足以让他却步。

"学点乐器，能培养孩子的气质。"陈虹说。

"听谁讲的？"

"刷手机的时候看到的。"陈虹吃过没文化的苦，认为艺多不压身，以后总能用上，"你真是什么都不懂啊！"

"雯雯已经上小学了，还不如先想想换套大一点的房子。"程柞山抱怨道。

"把咱妈那套房子换过来啊！"陈虹撇了撇嘴，"她年纪大了，腿脚又不好，将咱们这套挂牌出租，要不就卖掉，给咱妈租个低楼层的一居室，生活起来也方便。"

"妈那套房子住了几十年，都这个岁数了，你要她搬出去租房住,让我怎么开这个口?"

"那这事你就别再磨叽了。"

陈虹不想动用家里的存款来换房子。虽然夫妻二人不曾推心置腹地聊过,但程祚山猜想,陈虹这么做是怕以后房产会有程小雪的一份。

程小雪是程祚山跟前妻夏丽芳生的女儿。

陈虹对程小雪还不错,但那是在不涉及钱的情况下,能暂时维持一种看似和睦的表象。

其实之前母亲李秀芬私下也同程祚山商量过,把两套房子卖掉,加上她的退休金和积蓄,换套小三居的大房子,一家人住在一起,她也好安享晚年。

唯一的症结在新房的产权上,李秀芬想写程祚山跟程小雪的名字。

这是李秀芬留给孙女程小雪的生活保障,但这件事陈虹怕是不会同意。

程祚山没有跟妻子商量的勇气,只好作罢,同母亲继续各过各的日子。

母亲李秀芬的去世,帮程祚山解开了一个生活上的死结。

他之前如同浑身上下缠紧胶带,却苦于找不到撕开的头。母亲的房子像是一把锋利的剪刀,用暴力方式将胶带剪开,让即将憋死的程祚山喘了一口气。

记忆中,母亲向来心疼自己,反而是他这个做儿子的没能尽孝心,四十多岁了,还经常耍小孩子脾气。

程祚山单面楼的家里,简易鞋柜放在门口,里面凌乱摆放着几双外出时穿的鞋子。

他猜测着现在家里的情况,听不到雯雯的哭声,或许事态并不严重。

程祚山心存侥幸，他掏出钥匙，打开房门，屋里异常安静。

陈虹正坐在客厅沙发上，眼睛直勾勾地盯着电视机，但此刻电视关着，只有一片漆黑的屏幕，从里面能隐约看出陈虹板着脸的样子。

"雯雯呢？"程祚山问道。

"睡了。"陈虹语气严厉，"你闺女胆子大了，今天班上有个男生拽她的头发，她直接就把人家给推倒了。那男孩也是个没人教的东西，浑的啊，爬起来就拿书砸你闺女，给雯雯额头上开了个口子。"

"啊？！"程祚山担心道，"严重吗？"

他正要往卧室走，却被陈虹叫住。

"睡着了，别去吵她了……你过来！"

陈虹的语气不容反驳，这是两人多年夫妻生活形成的讲话习惯，程祚山不能申诉，只需执行。

从旧货市场淘回来的皮沙发多处皲裂，潮湿与汗渍都是起因，坐下时老旧弹簧发出吱呀声，如同程祚山的那辆面包车，也如同他因炎症隐隐刺痛的左腿——尚能使用，但也只是将就。

"咱妈到底是咋想的？"陈虹有些怄气，"老房子的房本上不写我的名字就算了，怎么还把你前妻的名字给写上了？手续什么时候办的都不知道……咋的，是不是看她这两年的日子过好了，还盼着跟她复婚呢？"

"房子的事我又不知道，你跟我生啥气啊！"

"那咱妈是啥意思？"

"我怎么知道她咋想的，要不过两天烧纸，你自己去问问？"程祚山赌气道。

"程祚山，你跟我说话别这么阴阳怪气的。人死为大，过去咋回事我也不揪了。"陈虹把电视柜抽屉里放的牛皮纸袋拿出来，"我找律师把协议拟好了,让夏丽芳在上面签个字。"

"你什么时候找的律师?"程祚山对此一无所知。

"我有个客户是做中介公司的,前几天他帮忙问过,今天说协议拟好了,我早上刚取回来。"

程祚山把牛皮纸袋打开,想阅览协议上的内容,却被陈虹一把抢了回去。

"看啥看!装得好像自己能看懂似的……你联系夏丽芳了吗?"

"联系了,我只跟她说要见面聊下房子的事,可没提要签什么协议。"

"当面提呗!"陈虹随即语气警惕起来,"你们去哪儿见面?"

"她告诉我一个小区名,让我在小区大门口等着。你不信自己看信息。"程祚山把聊天记录翻出来,陈虹也不扭捏,抢在手里翻看,没有多余的对话,但也保不准被程祚山删了。

"我告诉你啊,什么该做,什么不该做,你心里有点数。"

程祚山点了点头,就算他想发生点什么,估计夏丽芳也不会有兴趣。前妻对程祚山厌恶至极,同样程祚山也对当年离婚的原因耿耿于怀。

离婚后,除了两个月前母亲李秀芬去世时,夏丽芳来过一次,在此之前,两人毫无联系。

事实上,他至今也没弄清夏丽芳是如何知晓李秀芬离世的消息的。

程祚山没问陈虹,他认定妻子不会主动告诉夏丽芳,随即又想到了女儿程小雪,难道这些年她跟亲生母亲还有联系?或许私下还曾见过面?

毕竟夏丽芳和程小雪是血缘上的母女。

关于跟夏丽芳离婚的原因,程祚山从来没和程小雪聊过。准确点说，重组家庭并与陈虹生下雯雯后，他什么事情都没同程小雪沟通过。

程柞山凡事自己做决定，对家人只是通知。

仅此而已。

雯雯出生后，家里零散物品变多，不再有程小雪生活与学习的空间，于是他才买下单面楼的房子，让程小雪继续留在李秀芬家住。程柞山当时是考虑到程小雪正在读书，最好能单独有个房间，又能陪伴已上岁数的李秀芬。

一老一少，彼此间也好有个照应。

但程小雪应该不会这么想吧？

毕竟之后的日子，除了周末全家人偶尔在一起吃饭，无论是程小雪的学习还是生活，程柞山一直旁观。

旁观？其实连旁观都算不上，是缺席。

应该说程柞山在女儿十二岁以后的人生中，就彻底缺席了。

结束了跟陈虹的对话，程柞山带着协议从家里走出来。

单面楼的电梯年久失修，他乘电梯下来，缆绳吱吱呀呀地响，仿佛随时有可能断掉。伴随电梯摇摆不定的晃动，程柞山想给女儿拨电话，他刚翻到程小雪的电话号码，手机右上角的信号格突然消失，此刻电梯隔绝了外界信息，成为父女间沟通的障碍。

果真如此吗，将问题归咎于电梯？

程柞山扪心自问，陈虹的强势、新家庭的压力、电梯的阻隔……最重要的还是他自己的态度，他不愿在平衡家庭关系这件事上费心费力，最终选择了最为偷懒的回避方式。

就连对雯雯的态度也是如此。无论是女儿的生活起居还是学习，程柞山都一股脑儿地丢给了陈虹。

不能再想下去了。

电梯中途停下，有新乘客进入。他们在往楼下搬家具，四角米黄色的旧书柜，其中一角进电梯时磕碰到了墙壁。

租客声音洪亮，大声呵斥着"小心"，随即也挤进了电梯。

程柞山被工人、租客、旧书柜完全挤到了角落，因找不到反驳与申诉的话，只好忍耐。

似乎他一直都这样活着。

程柞山从来不曾将真心向任何人坦露过，只是维持着处事不惊的表象。

电梯终于抵达一楼，伴随嘀的一声提示音，程柞山从里面走出来。

他要去见自己的前妻了。

4

高考结束后，程小雪因成绩不佳，产生外出打工的冲动想法，不想再上学。父亲程柞山没有表态，嘴上说"我尊重你的决定"，实际上是"不管不顾"，他不想介入女儿人生道路的选择中。

倒是陈虹阿姨找她聊过。

陈虹吃过没文化的苦，知道高中毕业无法选择工作，只能被工作选择。

她建议程小雪去读卫校。

"毕业后，至少有个大专学历。"陈虹语重心长地说。

读书，意味着继续支出学费跟生活费。奶奶李秀芬有退休金，让程小雪不用顾虑开销，但她于心不忍。

不知为何，她对于花家人的钱这件事始终抱有愧疚，没有那种理所应当的心安理得。

西平市暑期能打短工的地方不多，高中时要好的朋友考上了大学，马上要去济州，程小雪对那座城市也充满好奇。

济州市沿海，夏季热闹，兼职工作不少，从西平市乘长途大巴车过去，也就五个小时，不算远。

程小雪在网上联系好了招聘暑期工的餐厅，单位解决食宿。于是跟奶奶打过招呼，她便收拾好行李，一路奔赴。

这是程小雪第一次远行，乘坐长途汽车时，她总结之前十八年的生活：不见波澜，平静得一塌糊涂。

父母离异是大人间的战争，与孩子的关系不大。如果母亲夏丽芳当初选择强忍牢骚，跟父亲继续生活，家里的氛围或许还不如现在。

但不知为何，奶奶李秀芬总喜欢唉声叹气，常说对小雪有太多亏欠。

程小雪其实不喜欢听。这样的话似乎是在提醒她：她是被父母遗弃的孩子，是被父母讨厌的女儿。

她和奶奶一起生活多年，被奶奶照顾，彼此间却始终存在隔阂，难以言说心事。

陈虹阿姨性格爽朗，也想跟程小雪亲近，但又时常带有一丝担心哪句话会说错的生疏。

家里唯一相处起来没有负担的，便只剩下年纪尚小的妹妹雯雯，所以姐妹间关系亲密。

程柞山和陈虹平时忙于工作，辅导作业与陪伴雯雯玩耍的任务就全部落在了程小雪身上。她高考成绩不佳，也有考试前精力难以集中的原因。

反正也没人对她抱有期待吧？

考试前程小雪常在放学后去与她要好的朋友家做模考试卷。同样是两居室，朋友父母在家不敢出声，像两名深夜悄悄潜入的窃贼，蹑手蹑脚地在厨房忙碌。

她反观自己，每次放学回家，站在门外拿钥匙开门时，最先听到的是雯雯同布偶玩过家家的对话。雯雯见姐姐回来，将布偶弃置一旁，拉拽着姐姐一起画画。

程小雪不曾推却，她并不是没有产生过拒绝的想法，只是见妹妹年幼却独自玩耍，不知为何，会想到自己的童年。

她不想雯雯日后回忆起童年时孤身一人，于是她耐心陪伴，在照顾妹妹的同时获得了另一种成就感，仿佛在替程祚山与陈虹弥补对雯雯缺失的关怀。

等到晚上，陈虹忙完保洁工作，接雯雯回家后，程小雪才有时间看书学习。她因陪伴雯雯玩耍，加上在学校上了一天的课，精力消耗殆尽，试卷常常做到一半便伏案睡着了。

如果这样高考还能取得好成绩，那程小雪一定是聪明过人。

只可惜她很迟钝，迟钝的不只是学业，还有生活，其中包括人与人间的关系，以及说话的轻重缓急。

"快到济州了，把东西收拾好，别等弄丢了再回来找！"

司机嗓门儿很大，五个小时马不停蹄，汽车公司又在车里装了监控，他不能在驾驶途中抽烟，只能硬挺。

汽车到站后，司机头一个下车，率先打开行李舱，随即伸展僵硬的身子，边抽烟边瞧着乘客逐一从车上走下来。

见到程小雪下车，他又大着嗓门儿喊了一声：

"那个小姑娘，你过来。"

程小雪起初并不知道司机在喊自己，确认喊自己后，她心怀疑虑地走过去。

"有事吗？"程小雪小心问道。

"来济州玩的吧？"司机吐烟时刻意把头转向一边，"别坐门口的黑车啊，那帮人都是趁暑假来宰游客的，出了门，右转就是公交车站，能直接坐到海边。"

程小雪不知如何答话，只轻声说了句"谢谢"，便按司机指示，出门后径直朝公交车站走去。司机若无其事地将烟头扔到地上，用脚踩灭，合上行李舱后，继续与旁边的同行寒暄起来。

从车站到餐厅的路程不远。济州市比西平市更显空旷，无论是城市建筑还是街上的人流。但海滩上的人不少，游客全部挤在一起，并排搭起的便携帐篷里堆放着浴巾、饮料和食物，不知道是来这里看海还是看人。

海鲜餐厅在济州市滨城路，这里沿街，霓虹灯招牌上的字做得很大，一眼便能瞧见。

复印身份证后，签下几份劳务雇佣协议，便开始上班。

新员工要先接受三天培训，餐厅的工作都是程小雪能够胜任的。

员工宿舍在距餐厅稍远些的住宅区，沿滨城路一直东行，在铁道口左拐，便能瞧见小区的大门。三居室被硬生生地塞进了六张上下铺，能容纳十二个人居住，但洗漱间只有一个。

夏天出汗多，女孩们只能简单冲洗。

虽然没有明文规定，但每个人使用厕所的时间都不能超过五分钟。原本以为这么多人住在一起，多少会发生些冲突，可事实上大家自顾不暇，疲于奔命，连吵架的精力都没有。

餐厅的暑期工每月工资三千元，整个暑期下来能挣到六千元，足够支付程小雪在西平卫校上学期的学杂费。

"知道吗？这边的餐厅一年只营业四个月。"同寝室年龄相仿的一个女生道。

"为什么啊？"有人好奇。

"济州冬天的人流量小，餐厅水电、厨师、备菜都要花钱，挣不回来呗，所以一到暑假才突然要招这么多的服务生。"

程小雪来之前还有顾虑，担心会误入歧途，但事情顺利得超出了她原本的预期。

奶奶李秀芬曾经建议她在西平当地找份兼职工作，陈虹提议让程小雪暑期跟她一起做保洁，父亲程柞山一言不发，一如既往让女儿自己做决定。

程小雪的成长过程中不缺乏选择的机会，但缺少长辈的指引，父亲的态度让程小雪失望，她做下了独自在蜿蜒曲折的道路上摸索前行的决定。

两个月的时间，程小雪几乎每天从早上忙碌到凌晨，偶尔接到奶奶打来的电话，只是简单寒暄。如果是用陈虹阿姨的手机打来的，接通后听到的必然是雯雯的声音，她催促姐姐快点回去。

这是程小雪选择来济州打工的另一个原因。

如果留在西平，就要继续担负陪伴雯雯的任务，她偶尔也想过过属于自己的日子。雯雯暑期除了钢琴课，还要学美术，没有程小雪陪着，回家后做功课，免不了要被陈虹阿姨催促。

至少陈虹阿姨还会关心雯雯的学业。

在程小雪的记忆中，小时候她的功课从来不是程柞山会操心的问题，即使遇到没交作业被老师叫家长的情况，也是奶奶李秀芬匆忙赶去，父亲以上班为由从不介入。

而母亲夏丽芳则在程小雪的童年里完全消失了。

生母当时执着于物质生活条件的改善。程小雪以前不懂，现在多少了解了一些人情世故，明白物质需要只是夏丽芳离婚的原因之一，根本问题还在父亲身上。

除了程小雪，程祚山对李秀芬也鲜有关心。他像个孩子，只知道向母亲发脾气，想必当初也这样对待程小雪的母亲吧。

网上有帖子说，人少年时某样东西长期匮乏，长大成人后便急于得到，以寻找某种平衡。

程小雪认为这同年龄无关，问题的症结在于人类天性里的好奇心，这并非心理学上的解释，是生物的原始本能使然。

饿了要吃东西，困了想睡觉，没钱想挣钱。

这不过是想把命里缺掉的角给补上。

还有过溢的反证，如餐厅后厨宰杀活鱼的厨师，每烹饪活鱼一条，便念诵经文一遍，为鱼超度。

程小雪以前听奶奶讲，原先太爷爷在市屠宰场任职，凌晨三点要到单位报到，开始宰杀当天需要的活禽。据说在铁道工作的爷爷生前身体精壮，突然暴毙，医院给不出原因，奶奶便将过错怪罪于太爷爷身上。之后父亲程祚山又与发妻离异，奶奶更加笃定上天有眼，于是不再沾荤腥。

李秀芬每周六去教堂祷告，每周日去寺庙烧香。

没受洗礼，也不曾皈依。

程小雪在济州市打工的日子很快接近尾声。

那天，程小雪端菜进了餐厅包厢，一张圆桌，围坐着十个人，男男女女，推杯换盏，说些亲近的客套话。其中有一个四十岁左右的女性，穿亮片缀饰的网眼针织衫，戴戒指与手镯，还有抢眼的圆形吊坠耳环。

有一个中年男人与她碰杯，手上不干不净，满嘴酒气地说道：

"丽芳，今天你得陪哥哥多喝几杯！"

程小雪很快记起眼前女人的身份。

夏丽芳。

程小雪已经十四年不曾见过的亲生母亲。

夏丽芳或许从未想过女儿会从西平来到济州，又或是过去多年，程小雪的相貌出落得已与当年完全不同。

在夏丽芳看向程小雪的一瞬间，程小雪退出了包厢。她借口身体不舒服与同事换班，很快在更衣室换好衣服，逃亡般地从餐厅后门跑了出去。

就连程小雪自己也不知道她到底在躲避什么。

她来济州市打工，并非盲目。奶奶曾经提到，母亲在这里生活，日子过得不错。所以自己才会选择来这里，为了看看母亲生活的城市。

只是看看。

却没想到会见到母亲。

济州市的海边起了夜雾，程小雪抱膝坐在沙滩上，迷雾之中，不见出路。

工期结束，她带薪水回到西平，只同奶奶讲打工时的昼夜忙碌，只字未提见到生母一事。薪水交完学费还有剩余。雯雯着迷于动画片《冰雪奇缘》里的艾莎公主，程小雪专门去西平商场专售玩具的商店买了艾莎公主玩偶当礼物。

心想，那个小家伙收到后一定会爱不释手。

刚刚生出给妹妹送礼物的幸福感，程小雪突然想起，自己的生日在兼职打工时已经错过。

只记得奶奶那天打来过电话，叮嘱程小雪要吃长寿面。

面长人寿，要一根到头。

可程小雪对长寿没有执念，生命的长度对她而言毫无意义。

曾经有一段时间，她试图探寻人生的根本意义，探寻自身与这个世界的关系，可程小雪身边没有能够讨论这些话题的师长与朋友，于是闭口不谈。

程小雪在原本应该叛逆的年纪变得安静起来,不知道脑袋里在想些什么,应对别人问话只剩颔首或是低头不语。

程小雪并非不想找人倾诉困惑,陈虹阿姨也曾尝试与她沟通,但因过于顾及小雪的感受,话常说到一半就止住了。

雯雯又太小,说了也不懂。

换作奶奶,怕是会讲"人身难得,佛法难闻",又或是说"只要有衣有食,就当知足"。

奶奶坚信宗教能帮人找到解决问题的方法,认为询问的神灵越多,解决方法也就越多样。

她并不专一,而是虔诚地相信每一位神灵。

程小雪受李秀芬影响,也曾想过请神灵帮她答疑解惑,但她不愿麻烦他人,考虑到神灵要解决的麻烦一定不少,于是她懂事地在神灵面前噤声。

程小雪身处人生的迷宫当中,这迷宫只有拦阻,不见出口。

她只是日复一日、年复一年地在其中,做毫无追求与私欲的盲目徒行。

程小雪不愿再想下去,既然给雯雯买了礼物,也要给陈虹阿姨和奶奶各买上一份。

暑期过后,西平市的天气很快就要凉了。刚才瞧见商场一楼的服装店有活动,针织衫买一赠一,陈虹阿姨喜欢红色,奶奶爱穿灰色。

要不要给父亲也买一件呢?

她不清楚程祚山的穿衣尺码,拿在手里的男款针织衫很快又被放回原处。

下次吧。

下次。

5

程祚山把面包车停在和韵路上的一个高档小区外，双闪灯坏了一边，只剩左边亮着黄灯，忽明忽暗。

他不知道夏丽芳现在住处的门牌号，白天发信息时说明来意，前妻只让他在小区门口等。程祚山不敢催促，放弃母亲房产的那份协议还要让夏丽芳签字。

他只好安安分分地坐在车里等。

程祚山不敢开汽车空调，一是车辆上了岁数，空调无论制冷还是制热都不太管用了；二是担心汽车会亏电，让发动机更难打着火。他只好把外套裹紧一点，整个身子蜷缩起来，将脖子缩入衣领。

夏丽芳住的小区是前几年新建的，绿化较好，还有崭新的外立墙面，程祚山也许永远住不上这样的房子。

他跟夏丽芳在二十世纪九十年代成为夫妻，是单位同事介绍的。当时程祚山是桥梁厂的工人，夏丽芳在民营酒店做前台，农村户口。

那时的西平市，建筑少见玻璃幕墙，随处是面庞干净的男女青年。在阳光照射下，他们穿的白衬衫让泛着灰色的古旧街道变得明亮起来。夜晚毕竟是夜晚，过了凌晨，即使楼房里还有亮着灯的房间，街道上总归是安静的，只剩下高高的路灯，为崎岖不平的土路带来暖黄色的光。

女人们爱穿碎花长裙，烫卷发，马路上见到最多的是二八大杠的自行车。到了冬天，程祚山骑车带夏丽芳去九菇湖滑冰，他滑得好，夏丽芳笨拙，得让他扶着。

偶尔摔倒，他们并不急于起身，而是躺在湖面上傻笑。

两人结婚后，夏丽芳很快怀上了孩子。她被民营酒店借故辞退了,曾经有一阵子郁郁寡欢。等她生下小雪,没出月子便开始找新工作。

当时西平市到处是低矮的居民楼,城东的老城区还未因城市规划而拆迁,在滨海路旁的一块荒地上新建了河港大酒店。

酒店当时的总经理是俄国人,相比其他面试的女孩,夏丽芳刚生过孩子,年龄上不占优势,但她能用英语和俄语做自我介绍,一下子脱颖而出。

英语是夏丽芳怀孕时自学的,俄语流利得益于她有一个白俄罗斯血统的母亲。

程祚山仍在桥梁厂工作,每天朝九晚五,骑自行车在单位与家之间往返,从不迟到早退。奶奶李秀芬开始承担起白天照顾小雪的任务。程祚山一直认为,家虽不大,但能遮风挡雨,却不承想家也会破损,不修缮的话,便会漏雨,满地虫蚁泛滥。

夏丽芳在程小雪四岁生日当天,向程祚山提出了离婚。

其实征兆早已出现。

夏丽芳一个月拿四百元的工资。生下小雪后,她很长一段时间不吃晚饭,三个月不到,就瘦回到了怀孕前的体重。

不,她比怀孕前还要瘦。

她模样漂亮,一米七的个子,又会说英语、俄语。

夏丽芳从河港大酒店前台做起,办事一丝不苟,不到一年就被提拔成大堂经理。她遇事亲力亲为,受得了苦,不管遇到什么样的客人,都能把客人哄高兴,将麻烦圆满解决。

又过了一年,外聘的总经理回了俄国,总经理职位最终落在了夏丽芳身上。

三年时间,不长不短,却让程祚山的家悄然无声地发生不少变化。

夏丽芳的工资变为每月一千八百元，而这时的程祚山还领着桥梁厂每月四百五十元的工资。

女的比男的挣得多，这在地处陕东的西平市是一件让男人丢面子的事，但程祚山从来不恼，挣多挣少，都是为了这个家好。可夏丽芳跟他的想法不同。

河港酒店住宿价格不低，入住的客人形形色色，谈吐、穿着、职业各不相同，但有一件事情相通，就是经济基础不错，而且很会说话。

说话这件事程祚山以前也会，但随着女儿小雪的出生，他在家话越来越少，常借口厂里同事聚餐，偷懒晚归。

最后家里除了小雪的哭声，几乎一片死寂。

这让夏丽芳感到苦闷与压抑。

河港大酒店因建成时间不长，尚能闻到油漆味。酒店会在客人退房后，由清洁人员放上橘皮，再搭配鲜花当摆饰，拖地用橘子水，在厕所里点檀香，只为遮盖味道。

事无巨细，夏丽芳都要一一检查。

那一天是女儿小雪的四周岁生日，可夏丽芳的心思却不在如何为小雪庆祝上。她看着浴室镜子里的自己，脸不像以前那般年轻了，再过几年只会更老。她稍将头发整理一下，走出酒店洗漱间，便看到十二楼套房里的那张舒适大床。

床单铺得十分整齐，屋东面是整整一面墙的落地窗，能够俯瞰西平市的城景，像是住在这里就能变得高高在上似的。

风景真好。

只可惜夏丽芳不是客人，房间于她没有岁月静好，只关乎家庭温饱。

她对自己现在所过的生活越发感到不满，以至于到最后终于难以忍受。

晚上她回到铁路里的家属楼。小雪生日，奶奶李秀芬买了蛋糕，只有小雪无忧无虑地吃了一脸奶油，李秀芬同夏丽芳都没有动。

程祚山在外跟同事喝酒，完全忘了女儿的生日。夏丽芳一肚子委屈，李秀芬看在眼里，却不知该如何劝慰。

半夜，程祚山一身酒气，喝得烂醉，回到家，在玄关脱了鞋子，跌跌撞撞，闹出很大动静。

李秀芬被惊醒，起床从房间走出，到厨房给程祚山沏了蜂蜜水，用手边拍打儿子手臂边小声训斥他为人父亲的不尽责任与疏忽大意。程祚山只说想睡觉，喝过蜂蜜水后，便一头钻进次卧，反锁上了房门。夜里小雪跟李秀芬同屋，次卧只有夏丽芳。程祚山进屋时妻子穿戴整齐，像是要出远门，身上穿的是以前他们约会时穿的碎花长裙。

"还没睡啊？"

脱掉上衣，程祚山的皮肤因酒精作用而发红。他借着酒劲伸手便朝妻子胸部摸去，却被夏丽芳抬手打掉。

男人像是主权被剥夺般歇斯底里，借由无道德底线的动物本能，强行将妻子压在床上，掀起她的长裙，几乎像牲口般粗暴闯入，却从对方身上得不到丝毫回应。

过程很快，稍作整理后，程祚山终于清醒了一些。

夏丽芳整理好凌乱的衣物，突然提出离婚。程祚山拒绝，只当是夫妻间怄气。夏丽芳这才说出实情。

河港大酒店有一个做一次性床品、牙具的合作公司，老板是四十出头的南方人，夏丽芳与他因生意上的来往，彼此逐渐产生了交集。

今天回家前，夏丽芳跟男人在酒店十二楼的套房里做爱，他们又一起收拾战场，男人就是在那时掏出戒指的。

他承诺，愿意对夏丽芳的以后负责。

是她对不起程祚山。

铁路里的房子两个相邻的房间之间隔音很差，次卧的剧烈争吵与扭打声传到主卧。李秀芬不敢过去，怕把熟睡的孙女吵醒，只好用手轻轻捂住小雪的耳朵，最后是房门被重重摔上的声音，房间重归于安静。

夏丽芳拎着行李箱，任由皮箱轮子撞击着楼梯台阶，披着乱糟糟的头发快速往楼下走去。

两天后，他们在民政局领了离婚证，彼此一言不发，各奔东西。

程祚山照例骑自行车回家，车横梁上多了一把电焊上去的椅子，小雪坐在上面。

夏丽芳是乘坐一辆大众轿车离开的，走之前只跟女儿说每月会汇钱给她，不知道当时的小雪是否明白母亲话里的含义。

夏丽芳每个月给小雪八百块，汇到李秀芬的银行账户上，雷打不动。

程祚山再婚娶了陈虹后，新婚妻子很快生下雯雯，那年程小雪十二岁，已经是大孩子了。

在程小雪初潮时的白露节气，父亲与他的再婚家庭搬离了铁路里，剩下小雪，像不再被人需要的家具般留在了原地。

她不用再与奶奶住一个房间，之前父亲住的次卧，换上了新的床单被罩，成为程小雪的寝室。

可程小雪在这个被称为家的地方，再也找不到归属感。

初中生物课上，老师讲到生活在海螺壳、贝壳、蜗牛壳里的寄居蟹，说它们有时候会在沙滩上挖坑埋土，用来舒缓没有安全感的压力。

同学们哄笑着，只有程小雪面无表情。

她觉得自己与寄居蟹有着相同的命运，同学们的哄笑如同在嘲讽自己。

　　放学后，程小雪突然不想回家了。她惦记起课堂上只看到图片的寄居蟹，便乘公交车去桥城区的花鸟市场，想亲眼瞧瞧这鲜活的节肢动物。

　　上车时有空座，中间上来个抱孩子的年轻男人，程小雪站起身，示意男人落座。路上瞧着男人抱紧孩子，程小雪产生一种莫名的失落感，像是属于自己的位置被另一个孩子侵占了。

　　很快失落感被无助替代。

　　老三桥花鸟市场距离市第一医院不远，这里的客人大多是来买花与绿植的，所以一进门便看到一片葱茏。几乎每个摊位上都摆放着散尾葵与琴叶榕。正值夏季，程小雪穿白色半袖衬衫，像一只白鸟误入雨林，在其中穿梭。

　　她一直往里走，水族区域玻璃鱼缸里的灯光色彩斑斓，映射到她身上，白鸟变成了热带鱼。程小雪很快找到了养有寄居蟹的正方形鱼缸。

　　寄居蟹两只如钳子般的前足，正试探着探出螺壳，隐藏的眼睛要仔细看才能瞧清楚。

　　程小雪看它用后足撑起居所移动，费力而笨拙。

　　本来作为避风港的家，亦成为沉重的负担。

　　比起寄居，此刻想必它更向往自由。

6

　　二〇一八年，西平市某高档小区外。

面包车仍靠路边停着，恍惚间，天色已暗下来。

电话铃声响起的时候，程祚山刚刚在车里睡着，梦见许多往事，梦境支离破碎，生活也差不多。

"你在哪儿呢？"电话那边响起夏丽芳的声音。

"小区对面。"

电话挂断，程祚山瞧见一辆奔驰轿车从不远处驶来，很快停下，靠在路边打起双闪。

从主驾驶走下的是汽车代驾，他身穿制式马甲，从后备厢取出便携式电动车，动作迅捷，向远处骑去。

接着，程祚山瞧见轿车后排的车窗摇下，夏丽芳坐在里面向他招手。

二人隔着双向车道的马路，不过十米的距离，但程祚山像走了一年。

上次见面在殡仪馆，夏丽芳是一个人来的，她只跟小雪说了"节哀"便很快离开。

她像是应酬一场不能缺席又不愿久待的饭局，为避免无话可说的尴尬，尽到礼仪后就迅速离场，以免搅乱暂时平静的局面。

程祚山还在思考要如何开始两个人的谈话，没想到夏丽芳抢先一步开口了。

"帮我把车开到地库，一会儿下去我告诉你怎么走。"

等程祚山坐到主驾驶上，夏丽芳将雪地靴脱下。

她累了一天，穿黑色连体丝袜的双脚此时交错着，随意搭在扶手箱上，与寒冷的冬季格格不入。

"走吧，下地库后右拐。"

程祚山还不适应开自动挡汽车，油门一脚踩下去没有深浅，幸好未被后排的夏丽芳察觉。他开车时的样子，显得有些拘谨，车辆行驶时没有零部件晃动的响声，无须挂挡，空调的制热功能正常，只是在踩油门时要控制好力度。

这毕竟不是那辆他开了多年的面包车。

西平市少有这样的地下车库，至今程祚山只见过这么一个。

主车道用石材铺就，发光灯带照明，墙立面贴有拼接的黄木纹砂岩，造价高昂。地下不见昏暗与潮湿，藏在天花板里嗡嗡运转的机器应该是中央空调，不然难以解释地下车库的温暖与干燥。

这间接说明了为何夏丽芳的穿着与冬季不符，她时刻身处空调不停运转的环境里，没有与寒冷接触的机会。

可是什么样的小区会在地下车库装中央空调呢？

难以想象。

听从夏丽芳的指挥，程祚山很快将车停在一处正对电梯间的车位上。电梯间的堂厅通亮，像不用交电费般长明着。

程祚山透过车窗，瞧向停在旁边的一辆白色跑车。

谁又会用够买一套房子的钱去买这四个轱辘的铁疙瘩呢？

虽然这么想，但程祚山心里清楚，有些人挣的钱，比他这些年吃过的米都多。

他不嫉妒，明白生活各有各的苦，可忍不住羡慕。程祚山妄想哪天也有机会开上这样好的车，住上这样好的房子。他羡慕这些人的孩子，不用吃贫穷的苦。

归根结底，程祚山埋怨的是自己的无能，却又碍于面子，不愿承认。

夏丽芳看完那份协议，终于开口问道：

"有笔吗？"

程祚山外套口袋里之前放过一支笔，可此刻却空空如也，他有些慌乱，生怕坐在后排的夏丽芳突然反悔。瞧见他窘迫的样子，夏丽芳叹息一声，好奇自己当初为何会看上这样的男人。

年轻时只看皮囊,从前的程祚山俊朗,如今的他连皮囊也不能看了。

"扶手箱里应该有,你找找看吧。"

程祚山把扶手箱打开,从里面翻找碳素笔的时候,瞥见同旁边跑车相同标志的汽车钥匙。他没有多嘴,找出碳素笔迅速递向后排,夏丽芳很痛快地把字签了。

"不想知道原因吗?"夏丽芳把之前脱掉的雪地靴重新穿好。

"跟小雪有关吧?"

"原本你妈想写小雪的名字,但小雪不想要,说等她长大了就搬出去住,房子要留给妹妹学习用。"

对此程祚山一无所知,又不愿显露出来,他小声说道:

"小雪一直都很懂事。"

"所以才会挨欺负。你妈怕陈虹做事绝,到时家底都落到她手里,什么也不给小雪留。我当时也是为女儿怄气,心想她怎么跟你过得这么憋屈,就答应你妈去房产局把事给办了。"

"那你今天怎么签得这么痛快?"程祚山问。

"那套小二居的老房子能值多少钱?除非等到拆迁。"夏丽芳喝了口矿泉水,"当爸的指望不上,她还有我这个妈呢!"

夏丽芳趾高气扬的态度让程祚山越想越气,却又无从反驳。

停顿几秒,他终于问道:

"咱俩离婚后,你跟小雪联系过吗?"

"不是给她汇钱了吗?"

"我是说私下里跟她单独见过面吗?"

夏丽芳怔了一下,似乎在回忆:"前几年我都在外地,今年年初才回到西平。你妈走的时候,在灵堂我给过小雪名片,不过这孩子一次也没联系过我。"

"你连自己女儿的联系方式都没有?"程祚山抓住了话头,"我做得再不好,至少没把女儿抛弃。"

话毕,程祚山拿好协议下了车。

夏丽芳咽不下这口气,紧随其后,追上程祚山,一把将他的手臂揪住。

"你把话说明白,刚才是什么意思?"

"很难理解吗?"程祚山扯高嗓门儿喊道,"夏丽芳,你自己说,你这个妈当得称职吗?"

程祚山的话,把夏丽芳的火连同酒劲一起顶了上来:"你称职?瞧瞧你现在都混成什么样子了!"

"我什么样啊?"

"孬!当初就不该让小雪跟着你过!"

"那你跟我离婚的时候怎么不带她走啊?"程祚山吼了起来,"这些年是我把她养大的!你说你是她妈,平时连面都不露,妈是这么当的吗?"

"程祚山,你有病吧?协议签完了就过河拆桥,你是猴啊?脸变得这么快!"夏丽芳不满起来,"当初那种情况我怎么带她走?"

"那也不该一个电话也不给她打吧?"

"我忙着挣钱,不像你,每天那么闲。"不给程祚山插话的机会,夏丽芳紧接着说,"我现在有条件了,闺女你要是不想管了,我管!"

说完,夏丽芳拿出手机准备拨打程小雪的电话,可沉默几秒钟后,又将手机放下了。

正是因为程祚山说对了,自己才会恼怒吧?

连女儿的联系方式都没有的母亲,再怎么说也跟"称职"这两个字没有关系。

巨大的失落感，连同这么多年在外经商遭受的委屈，在酒精作用下，让夏丽芳一瞬间情绪失控，哭号声回荡在整个地下车库。

有闻声凑过来瞧的业主，议论纷纷，有些人甚至开始拨打物业电话。在人群的围观下，程祚山略显尴尬，急忙扶起夏丽芳往单元楼里走。

等到夏丽芳把妆全部哭花，情绪终于平复下来，才开口向程祚山要来程小雪的联系方式。

她按照号码拨过去，那边传来的却是无法接通的提示音。

"号码对吗？"夏丽芳疑惑道。

程祚山检查了一遍，数字全对，点了点头。

夏丽芳继续拨打，依然无法接通。

程小雪关机了。

程祚山感觉到前妻表情的变化，用手机拨女儿的号码，并未打通。

"怎么打不通啊？她换手机号了？"夏丽芳的酒劲彻底醒了。

程祚山没有回答。当初他把程小雪送上出租车前，虽然嘱咐过到上海后要给家里来电话，可女儿并未打来。程祚山的精力被母亲的后事跟工作占满，也根本没把心思放在程小雪是否平安抵达这件事上。

毕竟程小雪已经成年，自己又在外面闯荡了这么久。

"或许吧。"程祚山支吾道。

"那也应该跟家里人说一声啊，陈虹呢？新号码她会不会知道？"

程祚山摇了摇头，依照陈虹藏不住事的性格，如果知道程小雪换了号码，她一定会和程祚山说的。

"刚才还说我对女儿不管不顾，你怎么连孩子手机号换了都不知道？"

夏丽芳之前的委屈源于程祚山对她的指责。

她主观上认为，程祚山跟女儿的关系远比自己想象得亲近，从而产生了心理落差。

现在女儿更换了号码，反倒弥补了她的心理落差。她潜意识里认定，程小雪与父亲现在的家庭关系僵持，成年后有了独立生活的能力，加上李秀芬去世，使她在西平市不再有挂念，便急于脱离家庭。

看来父女间的感情，同她与女儿间的关系并无不同。

关于程小雪的电话无法打通这件事，他们谁都没想过会有更坏的可能。

"她现在的工作单位你知道吗？"

"陈虹应该清楚，之前她给小雪往上海邮过东西。"程祚山小声说。

"你这个父亲到底是怎么当的啊？"

这句话说完，夏丽芳转身进入电梯间，留下程祚山一个人站在车库里。

他清楚前妻的性格，与其说是要强，不如说是要面子，哪怕是为人父母的不称职，也要与他比个胜负。

程祚山事先没想过，他来这里会跟前妻吵得不可开交。

更没想到，两个人争吵竟然不是因为母亲的房子，而是为了那个现在下落不明，这些年他们几乎从未关心过的女儿。

两个没有尽到责任的父母，因为对女儿疏于照顾，互相指责，争论对错，不管怎么看都像一场闹剧，却也因此揭开了彼此心里那道一直没能完全愈合的伤疤。

程祚山从来没像现在这样，急于弄清楚女儿程小雪的下落。

如果，当初他不同意程小雪前往上海，女儿会不会听他的话？

女儿选择离开，或许同她要去哪里无关，只是西平已经没有让她惦念的人了吧？

想到这里，程祚山把头抬了起来。

之前开车进来的时候，有夏丽芳给他指路，现在想出去，只能按照地库里的标识走。

出口。

地库出口有标识，可人心的出口该去哪里找呢？

程祚山不得而知，只能迈步向前走去。

7

酒精害夏丽芳在洗手间用力呕吐，直到胃里难受的感觉消失，她才踉跄着从里面走出来。

不小的客厅堆满了随手丢弃的衣物，反倒是厨房干净得像是无人居住。白色橱柜里存放了不少三鲜伊面，这是夏丽芳会做的为数不多的饭。胃被汤水温过，洗刷好碗碟，她又强迫自己将客厅打扫干净，筋疲力尽，躺在沙发上，突然有些不知所措。

于是从前的一幕幕令人厌烦地接踵而至，不请自来。

她在高档小区的家是全款买的，购房款是第二任丈夫意外身亡的保险理赔金。

当年做床品、牙具生意的男人跟夏丽芳只是一时欢愉，那枚戒指就像随口说出的承诺，并不作数。两人欢愉过后很快厌倦，各奔东西，再无关联。

之后，她继续在河港大酒店做经理，没有家庭琐事牵绊，她向酒店申请了房间作为宿舍，生活与工作全部在这里。

酒店楼顶的天台不让客人和员工上去，担心会出危险。夏丽芳手上有钥匙，每天来这里闲坐、抽烟，风大，又没什么遮挡，烟很快抽完，常常咳个没完。

她偶尔也会好奇从这里跳下去的感觉。

或许会像风筝一样被风吹得飘起来。

夏丽芳独自一人过了半年，与原有家庭完全脱离，从未有过一丝留恋。

她很快认识了新客人，年纪长她两轮，是隔辈人。

他们很快领证结婚，没有举办婚礼。新任丈夫做海产生意，在济州市有仓储冷库，来西平是为了谈海参生意，因为夏丽芳，他才在河港大酒店多住了半个月。临走时男人不舍，询问夏丽芳是否愿意跟他去另一座城市生活，夏丽芳点头答应。之后几年，她一直帮男人料理事业，几乎全盘接手，丈夫只负责对外应酬。

三年前，第二任丈夫六十岁，但工作热情不减，开车去天津处理工作事宜，路上却遭遇了车祸。

夏丽芳抵达急救中心，才知晓同车的还有一个二十多岁的女孩。

他们私下交往已有半年，这次去天津并非出差，而是幽会。夏丽芳处理完第二任丈夫的后事，变卖了他在济州市的全部产业。听说女孩因车祸没了半条腿，她又去医院探望了那个受伤的女孩。

气氛起初尴尬，但女孩慢慢敞开了心扉，如犯人向警察陈述作案经过般，事无巨细地讲出与夏丽芳丈夫走到一起的过程。

女孩自幼父母离异，一直跟随母亲生活，她对父亲感到陌生。后来来济州上大学，校园恋情难以让她心动。大学四年级实习期间，偶然的一次机会，跟公司老板出去吃饭，与夏丽芳的丈夫相识。

最先是男方主动嘘寒问暖，换季时会送女孩暖和的大衣，女孩知道男方已婚，所以他们幽会只去外地，像父亲带女儿去旅游。他们白天逛商场，去高级餐厅吃饭，晚上回酒店缠绵。

女孩不要求婚姻，只想满足心理最低层次的需求。

在白天她成为他的女儿，享受父爱般的体贴与照顾；在夜里她成为他的情人，满足男人对年轻肉体的占有欲。

他们各取所需，完全不考虑夏丽芳的感受，如今为欲望与原罪遭到报应，也算是咎由自取吧。

夏丽芳对女孩没有恨意，她突然想到程小雪。

那个自她离婚后从未联系过的女儿。

她照顾女孩直到出院，又拿钱出来，作为女孩短期内的生活费用。处理好这座城市里的一切，夏丽芳重新回到西平。她之前的生活被别的人与事填满，坦白来讲，孤身一人后她才开始感到寂寞。

夏丽芳回到西平市也有这方面的考虑，她想用物质弥补近二十年对程小雪的亏欠，为往后老去的自己上一份保险。

她当时的功利心太强，满脑子装的都是养儿防老的古语，与母爱毫无关系。

回到西平市后，她原本打算去见女儿程小雪，但潜意识里默认了自己遗弃女儿的事实，于是踌躇不前。

夏丽芳鼓起勇气约李秀芬见了一面。

见面地点安排在夏丽芳刚装修好的新房里。不是故意炫耀，她担心在别处会遇到熟人，无法安心说话。李秀芬说夏丽芳变样了，有时人的相貌改变，与其遭遇有关。

当然，跟衣着与妆容也有关系。

她们又聊到程祚山再婚，生了个女儿，起名叫雯雯，同程小雪小时候一样可爱。

"后娶的那个，对小雪怎么样？"夏丽芳好奇地问。

"中规中矩，无功无过。"李秀芬叹了口气，"毕竟没有血缘关系，要辛苦工作，还要照顾家里的男人和那么小的孩子，小虹已经做得很好了。"

李秀芬的话，仿佛在间接指责夏丽芳当初甩手离开的罪过。

"程祚山还是老样子吗？"

"照顾人的能力一点也没有，这个岁数了还像个孩子。"

"都怪咱们，以前把家照顾得太好，没什么需要他管的。"夏丽芳笑了笑。

"现在找的老婆也一样，宠着他。这家里女人太要强，男人就一辈子都长不大。"

冰释前嫌，夏丽芳和李秀芬在露台上抽烟，房子的事突然被李秀芬提出来。

"铁路里的房子，我想写上你的名字，今天来也是想问问你的想法。"

"为什么？"夏丽芳觉得李秀芬的提议突兀且奇怪，她与程祚山离婚十几年，与这个家早已没了瓜葛。

"陈虹哪儿都好，就是爱吃醋，喜欢计较。我上岁数了，说不准哪天就会走，放心不下小雪。"李秀芬吐出一口烟雾，"虽然不在一起过日子了，但你们做父母的，总不能把孩子丢下不管。你现在回了西平，也有了经济基础，又没再生孩子，难道不想弥补对小雪的亏欠吗？"

"想啊，只是不知道该怎么开始。"

"所以我才想在房本上加上你的名字。"李秀芬将烟掐灭，缓缓说道，"我那套房子对你来说不重要，但对小虹不同。房子有产权纠纷，能让你跟祚山多些接触，虽然重组家庭是不可能了，但至少有坐到一起沟通的机会，两个人能好好聊聊小雪的问题。"

别人听不懂，但夏丽芳明白。李秀芬了解她的性格，知道她要强,无法以输家身份出现在程祚山与程小雪面前,所以才迟迟迈不出和解那一步。

房子的事,是李秀芬留给夏丽芳的台阶,也是夏丽芳与程祚山再次见面的桥梁。

产权变更办理好了,了却了李秀芬的一桩心事。

没过多久,意外发生了。李秀芬下楼时突然感到晕眩,一头栽了下去,就再也没能醒来。

夏丽芳接到陈虹的电话,对方将李秀芬去世的消息告诉她。夏丽芳去殡仪馆吊唁那天,身穿黑色西服,就连衬衣也是黑色的,为了庄重,也是出于礼节。

灵堂冰棺旁,有穿黑色长袖上衣的女孩,梳着马尾辫,夏丽芳知道,那是她多年未见的孩子。

十几年过去,程小雪长大了,完全变成了大姑娘。

但夏丽芳并未意识到,她曾在济州与女儿擦身而过。

灵堂里人来人往,只有程小雪的眼睛里好像有什么东西彻底碎掉的绝望。

"节哀。"

除了这句话,夏丽芳不知道还能说些什么,之后像应付公事般,掏出名片递到女儿手里:"有需要帮忙的事情,随时打电话给我。"

再说点什么吧。

女儿刚刚失去了亲人,总该安慰一下吧?夏丽芳这么多年都没能尽到做母亲的责任……可不知不觉中,她的身体已经移出灵堂。

她什么都还没来得及说,便已经落荒而逃了。

在别人眼里,这或许是冷漠吧。

摁指纹锁将厚重的防盗门打开,不知为何,今天的家里显得格外空荡荡。

夏丽芳经历了李秀芬过世,加上与程小雪在灵堂相见,瞧见女儿憔悴的样子,她"养儿防老"的想法开始发生变化,或许离她作为母亲的觉醒更近了一步,但仍然不见行动。

她有时甚至会在家中幻想,等小雪以后嫁人了,可以把家里的一个房间改成玩具房,到时她照顾小雪的孩子,就像李秀芬照顾小雪那样。

夏丽芳不后悔当初的决定,她不亏欠程祚山,但对女儿的亏欠,却让她始终无法释怀。她将自己对生活的诉求强加到程小雪身上,认为家庭陪伴没有物质基础重要,因而就此深陷,将半辈子花在挣钱这一件事上。

现在看来,她不过是在满足自己的欲望与私心。

幸好还有时间,现在的她也有了物质条件。前半生犯下的错,没能关心照顾的人,看来要用后半生来弥补了。

只是夏丽芳不清楚,这份"母亲"的工作,她能不能完成。这门功课她之前落下太多,即使只是想及格,也要下一番苦功夫。

或许可以假装去上海出差,以此为借口去跟女儿见面?

她突然感到可笑,去见女儿竟然还要为久别重逢寻找一个不恰当的借口。

想到这里,夏丽芳从沙发上起身,再次拿起手机,去拨那连女儿名字都没来得及存的号码。

可结果并无不同——

"对不起,您所拨打的电话已关机,请稍后再拨……"

她是一个好女儿，好学生。她家里都是好人，天天洗澡，看报，听无线电向来不听申曲滑稽京戏什么的，而专听贝多芬、瓦格涅的交响乐，听不懂也要听。世界上的好人比真人多……翠远不快乐。

——张爱玲《封锁》

第二章
迷宫的出口

1

程小雪当初来上海前毫无准备,她只是有了想要离开西平的想法,便往包里胡乱塞了些衣物,直接打车去了火车站。

她没有方向,在车站售票大厅里傻站着,直到旁边有同自己年龄相仿的短发女孩买票要去上海。女孩身旁有放心不下她独自前往外地求学的父母,一直嘱咐着。程小雪能瞧出女孩的不耐烦,她急于离开前往站台,开启独立自由的新生活。

某一刹那,程小雪将自己假想成短发女孩,那对父母变成了程柞山同夏丽芳的样子,满眼担忧,不愿同女儿就此告别,却不得不撒手,放她离开。

程小雪不知为何,突然想去上海。

买了跟刚才那个女孩一样车次的车票。

她跟短发女孩因为购票时间相近,因此铺位相邻,只不过一个是去上海求学,一个是漫无目的地逃离。

火车启程后,短发女孩大部分时间在刷手机。可路途遥远,手机电量有限,加上她与程小雪年龄相仿,路上免不了交谈,后来还跟旁边的陌生旅客一起玩起扑克牌。

她们没有交换全名，保持着陌生人间不远不近的安全距离。

"你也是去上海念书吗？"短发女孩说话直爽。

"不是，去旅游。"程小雪撒谎说。

"之前去过吗？"

程小雪摇了摇头。

"我之前跟家里人去过两次，一次是陪我父母去外滩，他们非要看东方明珠，还有一次是他们陪我去迪士尼玩，他们一直抱怨人多，不想凑热闹，就只给我买了一张票，都没住成园区里的酒店。"

程小雪没答话，或许是短发女孩还年轻，不懂父母实际只是想省钱。她瞧女孩的穿着和手机都价格不菲，陡然间想起之前见过的女孩父母衣着朴素，想必把最好的东西都给了女儿。

对话依然继续，但女孩聊的程小雪听不大懂，都是些明星和一些网络用语，偶尔夹杂英文，似乎还聊到了说唱跟街舞的不同类别，五花八门。

程小雪善于倾听，偶尔点头附和，不想暴露她对此一无所知。

她虽然年轻，可与奶奶共同生活，又帮父亲与陈虹阿姨承担起照顾雯雯的责任，没有研究个人兴趣的空闲。

等到车厢熄灯，众人很快就寝。程小雪没经历过这么长时间的颠簸，这次比去济州更远。她一时难以入眠，躺在硬卧窄窄的床板上，眼睛圆睁，莫名回想起儿时的记忆，大部分是奶奶的唉声叹气与程祚山的沉默寡言。

回忆中交叠出现的面孔像车厢外的无尽黑夜，偶尔如路灯般亮着的，是奶奶慈祥的脸。

她原本并不打算出门太久，剩下奶奶一个人在家，程小雪多少有点放心不下。

"逛几天就回来了。"

程小雪离家前是这么向李秀芬保证的。

可她在上海南站下火车后，才发现这里好看的楼宇那么多，一切显得那样热闹。程小雪突然忘记了西平市的样子，忘记了与奶奶一同居住的老楼。

两个女孩从相同城市来到这个陌生的地方，一路聊天，相互熟悉起来，终于交换了姓名。

短发女孩叫苏雨曦，跟程小雪的人生轨迹截然不同。她从小在市少年宫学美术，十年学下来，高考成绩虽然不比程小雪高多少，却因专业课成绩优异，被大学录取，填报的是服装与服饰设计专业。只不过苏雨曦的学校在松江区，有些偏远，她不愿直接前往学校报到，便与程小雪一起去外滩与浦东滨江大道闲逛、拍照。

为避免进地铁安检的麻烦，加上想观览城市景观，两个人全程乘坐公交车。

建筑物如同人群，形态各异，高高低低。提到西平便会想到三桥与那条需要治理的龟背河。在西平市，高楼大厦是稀罕物，六层高的居民楼与锈迹斑斑的铁轨，才是那座城市的底色。

但上海不一样，这里的建筑年龄再老，瞧上去也并不过时。常听这里的人讲"老客勒"，指的是老白领、有品位的人，可在程小雪看来，外滩的建筑也是一个又一个的"老客勒"。

之前苏雨曦说她去过东方明珠，出于不想让别人迁就自己的想法，又想从高处俯瞰整座城市，程小雪提议去浦东世纪大道上的环球金融中心。

那是她用手机在网上临时查到的。

就像人有阶级之分，观光楼层也按高度设定了不同的门票价格。

程小雪跟苏雨曦没去顶楼，九十层的学生票比普通票便宜三十元,已然是她们从未到过的高度。

身旁出游的一家三口,父亲操南方口音,给怀抱的孩子指着说:"看,那边是钦赐仰殿,那个是有利大楼。"

程小雪没有一家人出游的记忆,上小学时有过这样的想象,但从未跟父亲提过。她缺乏与父亲交流的勇气,而父亲也从未主动过。即使住在同一所房子里,他们也是各忙各的,像是完全不认识的两名租客,被房屋的主人——奶奶一直照料着。

天色将暗,就算再不舍,两名少女也只能离开,否则就要在市里多住上一晚。

上海市区的夜景比白天好看。程小雪之前读卫校时兼职打工挣了些钱,虽然不多,但足以支付就近停留一夜的费用。

她将想法婉转提出,说已预订好了酒店房间,问对方愿不愿意多住一宿。苏雨曦当然高兴,但又觉得不妥,于是约定晚饭由她买单。

程小雪用手机提前支付了快捷宾馆的房费,两个女孩登记证件办理入住。程小雪出行只背了书包,但苏雨曦的行李箱很沉重。将行李箱靠屋角摆放妥当,她们很快出门,不想把时间浪费在房间里。

两个人的晚饭当然不是大餐,她们承担不起一顿饭几百块的费用。而是就近找了家叫"老盛昌"的汤包馆,点了两屉小笼包,一屉蟹黄的,一屉纯肉的,又各要了一份葱油拌面,吃到撑,便开始在街道上散步。

多数时间用来拍照,用苏雨曦考上大学后父母奖励的新手机,拍下相识不久、对这座城市感到新鲜的两名少女。

闲逛一晚,两人回到宾馆。程小雪刚刚洗漱完毕,一时沉默,苏雨曦却突然说道:

"你好像不太喜欢讲话。"

"还好吧。"程小雪擦拭着头发,敷衍道。

一旦苏雨曦停止说话，整个房间就会突然安静下来。程小雪知道苏雨曦试图寻找话题，可如果说话对象只是附和，聊天很快就会演变成苏雨曦一个人的自言自语。

程小雪突然觉得，在市里多住一晚的决定或许并不妥当，一时冲动，以为她们的快乐能够持续下去。

至少可以度过今晚。

"是不是感觉有些奇怪？"苏雨曦终于忍不住开口，"刚认识，两个人就住到了一个房间里。"

"你以后上大学也会遇到同样的情况吧？"程小雪试着接话，"还不认识，就先住到了一起。"

"小雪。"

"嗯？"

"我之前感觉你特别独立，不管什么事好像都能自己完成，又积极乐观。但刚才我发现，有可能是我搞错了。"

程小雪没答话，她还不太明白苏雨曦想说什么。

"你独立，或许是因为没有人帮你，所以不管做什么事，都只能靠自己。"苏雨曦故意避开程小雪的视线，"我没别的意思啊，你别介意。"

"嗯。"

程小雪坐回床上，开始心不在焉起来。

究竟是什么原因让苏雨曦产生了这样的想法？虽然她说得没错，但总不可能是凭空想象出来的吧？

在程小雪的认知里，这个世界上没有无中生有的道理，所有事情的发生都同人潜移默化的心理有关。她虽然没学过画画，却也知道画家在创作一幅作品时，要从真实生活中寻找灵感。

"你为什么会这样想？"程小雪开口问道。

"电话。"

"嗯？"

"你刚才洗澡的时候，我跟我父母通过电话。"苏雨曦不再遮遮掩掩，"中间他们还打来过几次。但是从你上火车的那一刻起，我就没见谁联系过你。"

原来是这样。

程小雪看来再平常不过的事情，在苏雨曦眼中却是一种反常。

狭小的空间又开始安静了。

总不能一直这样沉默下去，对于共处一室的二人来说，这是一种折磨。假如程小雪岔开话题聊些别的，或许能够缓解尴尬气氛，可她不知道该如何起头。

而且回避关键问题，就算闲聊也会是另一种尴尬吧？

想到这里，程小雪再无顾忌。

"我父母离异，在我四岁生日那天。"这是程小雪第一次讲自己的故事。

至少在她看来，苏雨曦是个很好的倾诉对象。她们从前的生活，除去在同一城市，不存在任何交集，以后也应该不会再联系。

"他们离婚的时候我还很小，所以不太清楚原因，家里人对这件事都闭口不谈。我曾经还以为妈妈已经过世，后来从奶奶嘴里听说，她只是改嫁，去了外地。"

"她一直没联系过你吗？"苏雨曦小心翼翼地问道。程小雪只是摇头。

"我也没联系过她，怕会打扰她现在的生活。"程小雪拿起床边的饮料喝了一口，"后来我爸也再婚了。"

"那个人对你不好吗？"

"她会考虑我的感受，在别人看来这是我的运气。"程小雪停顿了一下,"可她对我是好是坏,其实一点也不重要,问题还是出在我爸身上。他在家永远不说话,跟我几乎没有交流。我也尝试过与他沟通,但完全得不到回应,他对我的学习和生活从来不闻不问。"

"或许他只是不太懂得表达。"苏雨曦试图安慰她。

"听我妹妹讲,我爸在外面跟朋友说话很多,而且也不会绷着脸。可他在家的时候脸永远沉着,或许看到我,会让他想起一些不好的事情吧!"

"你怎么会这样想?你又没做什么。"

"他看到我或许会想到我的母亲……奶奶说他们离婚时不欢而散,关系很僵。"

苏雨曦不说话。程小雪声音很轻,像是在讲别人的故事,这反而让听故事的人更加难过。

程小雪继续说道:

"我爸再婚后跟新的家人搬去了别的地方,把我留在了奶奶家。从那天开始,噩梦每天晚上出现,我不想让别人发现,于是强迫自己去做那些'该'做的事情,学不进东西就硬逼着自己学,吃不下饭就硬逼着自己努力咽下……有时候还会耳鸣。"

"耳鸣?"

"就是那种嗡嗡的声音。"程小雪笑了笑,"不过现在已经好多了。"

"但其实什么都没有变啊!"苏雨曦突然心疼起来,"或许他们根本没意识到对你造成了伤害。如果没有人知道你的真实想法,你又一直逃避不去解决,把自己的负面情绪藏起来,或许现在还挺得住,可一旦哪天你消化不了,又不愿向人求助,到时候怎么办?或许某个时刻,别人随口说的一句话就会要了你的命。"

"没这么严重吧?"程小雪觉得苏雨曦有些小题大做,"她只不过是跟家人缺少沟通。"

"别看现在我爸妈打电话来我会觉得烦,可如果有一天他们突然不打了,我可能会疯。"苏雨曦停顿了一下,再次开口道,"我觉得你应该把感受告诉你爸妈。"

这样有用吗?

或许吧,但也可能会适得其反。

"他们有各自的生活,而且我现在也已经长大了,不想给他们添麻烦。"程小雪喃喃自语道,"他们既然没有发现问题,或许我也没必要刻意提醒。"

程小雪原本以为自己会在心的迷宫中被囚困一生,永世不得解脱。

她同苏雨曦说出真实想法,就像游戏结束正在倒计时的机器被重新投入硬币,能不能通关是另外的问题,但操控者不能先说放弃。

程小雪又一次产生了与家庭和解的愿望。

苏雨曦心事重重,但心理上的失眠敌不过生理上的困意,她很快入睡。

程小雪看着天花板,回想起苏雨曦说过的话。

父母在孩子成长过程中什么都不做,只提供居处与食物,是不是就不会出错?

如果家庭教育是一次至死方休的考试,父母在试卷上什么都不写,跟全部答错会得到一样的成绩。白纸意味着她的记忆里不但没有幸福,就连痛苦与悲伤也没有,像是坐在沙发上看电视机里上演别人的生活,她只是看客。

这种亲人间的沉默其实更为伤人,但很多人不懂。

或许你写下了错误的答案,但至少抱有想回答正确的愿景,在不断尝试摸索。

但沉默就等于直接放弃，明明是一家人，却变成三口人各过各的生活。

程小雪过早懂事，过早明白她是个多余的孩子。所以她也开始沉默，她知道安静至少不会被父亲讨厌。

程小雪常听妹妹雯雯说，妈妈教育她不要做懂事的孩子，不知道是不是陈虹看到程小雪的处境后产生的想法。

程小雪想到雯雯，随即又想起奶奶，一个用彩笔在试卷上随意涂鸦，一个努力解题却始终答错。

她们是程小雪人生里为数不多的暖色调。

如同方才回旅店前经过的街道，路灯几盏昏黄，长夜里照不亮身旁的红砖墙，墙根处的野草疯长。

次日清晨，最先响起的是程小雪的手机闹钟。她习惯早起，没有睡懒觉的习惯，与奶奶李秀芬的作息同频。苏雨曦明显不能适应，她用整个暑期弥补上学时缺少的睡眠。苏雨曦拿起手机，看时间还不到七点。

"你怎么起得这么早？"苏雨曦说话时还带着睡意。

"习惯了。"程小雪漱口后说，"早餐想吃什么？我下楼去买。"

"吃什么都行。"说完，苏雨曦重新将被子裹紧。

程小雪穿上外套，取下防盗门链，从房间溜出来，轻轻将房门带上。

她不熟悉这里的环境，以前在西平市，晨起会陪奶奶去早市。早市门口有路边摊，卖豆浆、油条跟油盐烧饼。程小雪简单询问过宾馆的前台，知晓离宾馆不远也有个小市场卖豆腐脑跟小米粥。

无论南方还是北方，早市好像都长着同样的脸。只是上海早市里的商贩说沪语，语速很快，程小雪一句也听不懂。

带着买好的老鸭粉丝汤与两屉小笼包回到酒店的时候，苏雨曦还未起床。

"现在起来的话，咱们还有时间去别的地方逛逛。"程小雪轻声说。

"几点了？"

"八点。"

苏雨曦挣扎着从床上坐起来，伸了个懒腰。她下午要赶去学校报到，但市里还有很多地方没来得及逛。

想到这里，苏雨曦挣扎着从被窝里钻出来。

带行李箱闲逛多少有些不方便，所以起床后她们只在附近转了转多伦路的老建筑，还有甜爱路上没有什么商铺的寻常街道。曲阳路上有家麦当劳，在家乐福超市楼下不远，苏雨曦请客，用团购优惠券给自己和程小雪各点了一份套餐，之后便要启程前往松江。

程小雪上午用手机在网上查过旅游攻略，松江有泰晤士小镇，有很多漂亮建筑，像是在国外。程小雪好奇，也有不舍得与新伙伴分离的因素，她们又结伴从杨浦区换乘地铁八号线，一路奔波抵达松江，先去泰晤士小镇拍照。

天色渐晚，苏雨曦不愿再拉着行李箱乘公交车，她打了出租车与程小雪一起前往大学报到。

2

学校对面有办理电话卡的通信店，苏雨曦选着新号码，她还在纠结。程小雪凑了过来，本想帮忙出主意，却发现有尾号与自己生日相同的号码。

在苏雨曦的怂恿下，程小雪办了那个号码。

"你用的时候，发短信激活就行，激活后才开始计费。"工作人员说道。

天黑下来，两个女孩至此便要分开。

互相存下新的联系方式，约好以后也不能断了联系。

"如果有消化不了的事，找不到人说的时候，记得还有我。"

程小雪并未把这句话放在心上，只让苏雨曦好好学习，二人挥手告别。

这个时间要回市里的话，程小雪多少有些折腾不起，而且刚才送苏雨曦进大学校园的时候，她突然产生了想留在这座城市的想法。但还有所顾虑，怕奶奶会不开心。

程小雪在附近找到一家便宜的酒店，洗漱过后，终于鼓起勇气拨通了奶奶的电话。虽然李秀芬嘴上说让她到外面闯一闯不是坏事，可程小雪知道，奶奶不舍得她离开。

"带过去的钱不够吧？明天我去银行再给你转点，你不在家，手机转账这种事我也弄不明白。"

"我先在这边找找，看有没有能做的工作，之前打工攒下的钱还有点。"

"有备无患，我平时也用不到什么钱。"

挂断电话，程小雪颠簸了一天，很快沉沉睡去。

这夜竟意外地没被噩梦惊扰。

次日醒来，她在大学城附近的面馆吃早点，见墙上贴有招聘兼职的宣传单。

按照面馆老板的描述，有些大学生想利用课余时间跟寒暑假兼职打工，网上不少招聘信息缺乏真实度，他便找附近有招聘需求的公司合作，印了些宣传单，保证招聘信息属实，他也能挣个中介费。

"有兼职工作招聘吗？"小雪开口问道。

"对学历有要求的行吗？本科。"

程小雪摇了摇头，她卫校毕业，学历只是大专。

"不要求学历的，有家服装厂倒是常年招工。"面馆老板补充道，"你有专科学历，如果吃得了苦，工资应该还不错，不过有没有五险一金你得跟厂里人谈。"

面馆老板将亭唐服装厂人事处的联系方式给了小雪。

奶奶那边的转账信息突然发来，整整一万元。程小雪瞧见数字差点咬到舌头，急忙打电话过去，抱怨奶奶转得太多。李秀芬心疼孙女，这些年程小雪自给自足，没跟家里伸过手，现在独自到陌生城市闯荡，要留些钱应急。

李秀芬反复嘱咐程小雪，不要在外面吃苦。

"你小时候已经吃了太多的苦，以后就不要再吃了。之前在家照顾我和雯雯，现在一个人在外面，要学会照顾自己。"

程小雪不知为何，突然想哭。

奶奶仿佛已经窥见她的真实想法，知道西平市的冬天太冷，房间太小，没有留下程小雪的理由。

父母如果不能尽职，其他家人无论是否存在血缘关系，都无法给予孩子足够的安全感。心理上的创伤无法像奶奶用缝纫机修补的衣物般完全愈合，永远存在漏洞，在寒风来袭时冰冷刺骨。

留在上海这件事，程小雪对奶奶和雯雯都感到抱歉。

可想起寄居蟹的样子，她不想再背负本该别人承受的重担。

一个人生活，远比要照顾别人的情绪来得轻松，正如遗弃她的生母与总是对她不管不顾的生父。

程小雪在手机里输入亭唐服装厂的地址，查看路线，转公交车过去需要半个钟头。

她之前打电话咨询过工作待遇，薪酬比自己预想的要低，但能解决住宿，又有每月三百块的餐补，对于在上海没有住处的程小雪而言，无疑省下了一笔不小的开销。

下了公交车，距离站牌不远就是亭唐服装厂。

门卫室里坐着穿制服的保安，他一直盯着手机看，玩的是斗地主。

程小雪没敢立刻打扰，直到保安这一局得胜，他之前拧在一起的五官才开始舒展，看得出来，他现在心情不错。

程小雪这时才轻敲窗户。

"有事吗？"保安忙将手机揣进口袋。

"我是来应聘的。"程小雪说话声很轻，临时起意的远行，让她没有携带任何行李。

"你不是本地的吧？"保安面露疑惑，"跟人事处联系过了吗？"

程小雪点了点头。保安拿起对讲机，招呼保安科同事到门口暂时顶替他。

"我带你过去吧。"保安从门卫室走出来，"我叫吴彦霖。"

"程小雪。"

"就带了这一个包吗？"

"我是外地来的，东西太沉，想到了上海再买，知道服装厂招人就先过来了。"

"一会儿等你办完入职手续，去马路对面卖被褥的小超市，还有卖床单被罩的工厂店买铺盖，你住宿舍的话这些东西都得自己买，不然晚上就只能睡硬床板了。"

眼前瘦瘦高高的吴彦霖给程小雪留下了不错的印象。

吴彦霖说话时语速不快，他边走边给程小雪介绍这里的工作内容与条文规定，不时会指向某个建筑物，说厂里装有监控，有些地方普通员工不能涉足。

办公楼从外观上看，是全新的六层建筑，但进到门廊里才发现并非如此。外立面应该是不久前重新粉刷过的，但楼里的装潢工作还没启动，仍然是青砖楼梯，扶手是木质的，人事处在三楼。

周宏亮是服装厂业务部的经理，在四楼有自己单独的办公室。他正从楼上往下走，在楼梯拐角处正好碰见上楼的程小雪。

吴彦霖跟周宏亮打招呼倒是热情，但周宏亮没有回应。

"他是服装厂负责业务的经理，制衣车间的工作跟他没什么关系，所以不太在意。"

吴彦霖解释着，领着程小雪继续走。

另一边，周宏亮走到一楼大堂，这才抬头往楼上望去。程小雪的样子眼生，应该是工厂新招进来的女工。财务部门的同事跟他打招呼，他才回过神来，继续向门外移步。

人事处负责办理入职手续的刘文栋慈眉善目，说话也轻声细语。

"慢慢填，我先把你的身份证复印一下。"

吴彦霖趁机蹭了刘文栋根烟，跑到窗口去抽。

等刘文栋把证件复印好回来，程小雪已将信息表全部填好。他检查表格时发现程小雪没填紧急联系人和家庭成员信息。

"这里最好填上，有紧急情况时方便厂里联系。"

程小雪不知道该写谁的号码，她犹豫再三，最终写下了奶奶李秀芬的名字与电话。

3

服装厂的女工大多来自江浙，倒不是说没有其他地方的姑娘，只是大都不愿意来松江，因为市区的工作机会多，薪酬也比工厂可观。

厂里女工一部分来自当地，还有一部分就是像程小雪这样的年轻人，初来乍到，先找一份工作解决住宿问题。

"多数做不了两年就走了，有的从哪儿来又回哪儿去了，有的跑去了广州，或者到市里找份工作，反正待不久。"

胡姐讲上海话，她在宿舍里年岁最长，伸手指了指下铺床边正画眼线的何桃，开始朗声介绍道："桃子，全名叫何桃，名字好玩哦？刚来时吓我一大跳，还以为是吃的核桃呢。核桃能补脑，可我们这个何桃就不灵了……你们两个谁大？"

"你哪年的？"何桃刚画完一只眼的眼线，向程小雪瞧去。

"九七年的，二十二。"

"那你得管我叫姐，我今年二十三。"说完，何桃继续描没画完的眼线，"反正我呀，再干一年，也去市里找找机会。天天在厂里待着，像被关在地下室的笼子里，人都要霉掉了。"

胡姐冷冷说道："厂里至少管住宿，去城里，光房租就是一大笔开销，这两年攒的钱，怕是都得给房东喽！"

"那就找个没家有业的，直接把自己给嫁出去！"何桃说话的样子认真，倒是把胡姐气到了，她伸手在何桃腰上重重拍了两下。

"腰都塌掉了啊，没出息，要靠男人养？你自己不要强，光知道指望别人，别人信不过的呀！"

这寝室被胡姐与何桃这么一闹，立刻热闹起来了。

程小雪以前在家，说话少，父亲再婚后，她常年住在奶奶家，大部分时间虚度。奶奶管得不多，只是帮她准备一日三餐。周末的时候父亲一家会回来。程小雪早上跟奶奶出门，到南阳区的百姓市场买果蔬。在程小雪记忆里，奶奶会去教堂做礼拜，还抄经、食素。

父亲跟陈虹阿姨来家会带熟食，奶奶也不反感，只是程小雪常常犹豫自己要不要吃。她不是素食主义者，偶尔也会拿零花钱在学校门口的小卖部买烤肠吃。

但她顾及奶奶的想法，所以不敢主动去夹肉。

程祚山跟奶奶好像不曾注意到这点，反而是陈虹，每次都将炸排骨夹到程小雪碗里，嘴里还不忘叮嘱几句："多吃点，还得长个儿呢。"

程小雪对这个后妈印象不差，宿舍里的胡姐，无论是性格还是说话的神情，都有几分像陈虹。

"厂里的面你肯定吃不惯，南方的面条跟北方的味道不一样。"何桃已经化好了妆，"明天休息，今天晚上我们带你出去吃点好的。"

程小雪心想自己刚来，与同事关系还不熟络，聚餐或许能帮她拉近与室友的距离。但她刚进工厂，身上存款之前花去了大半，奶奶转来的钱她不打算用，想先存着应急，之后再找机会还回去。

宿舍四张床四张嘴，她现在请客多少有些囊中羞涩。

胡姐眼尖，瞧出程小雪的顾虑，一把挽过她的手臂说道："桃子是为今天这顿饭，才臭美化妆的，咱们宿舍的规矩是老人请新人，餐费你的这几个姐姐今天平摊，晚上点菜的时候，可千万别跟我们客气。"

没给程小雪回绝的机会，胡姐拉上她就往屋外走。温筱晴随便裹了件羽绒服。何桃最慢，在衣柜里挑挑拣拣，最后穿了件米黄色的呢子大衣，出门前还不忘拿上一顶红色的八角帽戴上。

就这样，原本还对新环境有惧意，担心会被"溺死"的程小雪，就像被海浪突然卷下去，结果水下并不寒冷，而且还能呼吸。

上海的夏天湿热，这里的人也如同热流。

亭唐服装厂在工业区，离工厂近些又热闹的地方在松江大学城。

四个人挤上一辆出租车,何桃担心坐在后排会挤花自己的妆,她甘愿坐副驾驶独自承担往返的出租车费。

"按照咱们宿舍的规矩,谁坐副驾驶,谁掏打车费。"何桃说。

胡姐习惯了车外的街道与建筑,她坐在后排中间,不时跟温筱晴还有司机了解最近发生的小道新闻。程小雪靠车门坐,眼睛一直盯着窗外看,这里虽然是工业区,但建筑物和马路比西平市中心还要气派。

"小雪,明天等你睡醒了,让何桃带你去附近逛逛。"胡姐说。

"那你们呢?"程小雪下意识地问道。

"胡姐在松江有房子,都做奶奶了,周末要回家带孙子。"何桃边说边浏览购物网站上的服装图片。

"我家在嘉兴,周末要回老家。"温筱晴说话语速很慢,跟何桃与胡姐的性格截然不同,倒是跟程小雪有点像。

"真搞不明白,你在嘉兴有房子,那边工资也不低啊,干吗非跑来这里?"何桃说话直爽,"我要是你,在老家找个好人就嫁掉了呀!"

"桃子,你老家是哪儿的?"程小雪好奇。

何桃突然怔了一下,似乎需要想想,胡姐嘴快,帮她答道:"她去年刚来厂里的时候说话还不这样,跟我待久了,说话就总'呀''呀'的,桃子是从河北来的。"

"我还以为你是南方人。"程小雪笑道,"我是西平人。"

"西平?是哪里啊?离河北不远哦?"胡姐的地理成绩差,这时胡诌道。

"西平在陕东,离河北一点都不近。"何桃开起玩笑说,"我家在山海关,吴三桂打开的山海关。"

"吴三桂……是谁呀?"

程小雪声音怯弱,她成长过程中饱受冷暴力的苦,上初中时就有了关系亲密的异性朋友,是体育特长生,个子很高。之后几年心思全用在跟他谈恋爱上了,一直到高中毕业。体育生专业成绩优异,进了省青年队继续深造,程小雪只能到西平市卫校就读,二人就此分手。但奇怪的是,程小雪并不感到失落。

吴三桂这个人名听上去耳熟,但程小雪想不起在哪本书上看过。

"古代打仗的呀,韦小宝的电视剧看过哦?"

胡姐在旁边提示着。

程小雪摇了摇头,胡姐有些失望,继续自言自语道:

"我当年可喜欢看了,靠油嘴滑舌,能娶七个老婆,也是厉害。"

"你看的是哪一版?"温筱晴见程小雪没答话,担心会冷场,便将话头接了过来,"我看的那版是梁朝伟演的,当时我看完电视剧才知道了金庸。"

"陈小春演的那一版啊,梁小冰演的陈圆圆……不过金庸是谁啊?"胡姐问。

"写《鹿鼎记》的呀!"何桃突然搭腔道,"《神雕侠侣》也是他写的,徐志摩的表弟,你这都不知道啊?"

何桃的话让温筱晴有些意外。"桃子,看不出来,你懂得还挺多。"

"我以前谈过的男朋友喜欢看嘛,还总是让我给他读,烦都烦死了。《笑傲江湖》看过哦?也是金庸写的呀!"

"我看过李亚鹏演的,那个演任盈盈的姑娘真好看,一双眼睛瞧上去就水灵的呀!"胡姐感叹道。

三个人开始聊起以前看过的电视剧,那些名字程小雪多少都听说过,但一部都没看过。

奶奶家的电视机长年关着,只有收音机一直在响。程小雪平时不看课外书，也不看电视，上卫校后每天练习打针，课余时间陪雯雯做功课，还要做兼职挣钱。奶奶虽有积蓄，但父亲跟陈虹阿姨常常以各种理由向奶奶借钱，向来是有借无还。

程小雪知道父亲要抚养雯雯，生活上有压力，但奇怪的是，好像没有谁管过她。

铁路里的家离雯雯的小学近，程小雪没来上海前，常替父亲跟陈虹阿姨去接雯雯放学。她们牵手沿街道一起往前走，雯雯的手又小又软。雯雯受姐姐影响，走路时会与程小雪哼同一首歌，童音干净而稚嫩。

这让程小雪有时会产生错觉。

仿佛她领着的女孩不是妹妹，而是小时候的自己。

4

程祚山回到单面楼的家里，已经是晚上九点钟了。

陈虹没打电话催促，这让他感到意外。程祚山上楼时多少有些担心，虽然跟前妻产生争执，但回来晚了也有他安慰夏丽芳的原因。

程祚山甚至希望吱呀作响的电梯突然发生故障，让他困在其中，等待救援，好给他的晚归找个合理的借口。

换作以前，程祚山不会顾虑这些，不晓得心态何时产生了变化。毛超说是因为程祚山上了岁数，对生活产生了新的认知，开始关照起家人的情绪来，所以才开始担心。

电梯抵达九楼，程祚山掏出钥匙打开了房门。开门瞬间妻子陈虹似乎在与人通话，听见程祚山回家便挂了电话。陈虹的举动不管怎么看都有些可疑。

"跟谁打电话呢？"

"你前妻刚才打来的电话。"

这句话如一盆冷水，让程祚山整个僵住，回过神来才将房门关好，换上蓝格子棉拖鞋，走到陈虹身旁坐下。

"她怎么知道你的号码？"

"我从咱妈手机里翻出来的。毕竟你们夫妻一场，她又给你家生过孩子，咱妈的葬礼，人家来不来再说，但咱不能失礼，还是要告知一下。之前你联系她，号码不也是我给的吗？"

原来如此。

之前是程祚山误会了，还以为通知前妻的是女儿程小雪。

他没立刻接话，先将夏丽芳签好字的协议递给陈虹，然后才开始脱下外套，装作若无其事地问道：

"协议不是签完字了吗？她给你打电话干什么？"

"她是不是喝酒了？"陈虹抬眼看向丈夫。

"好像是，说话一嘴的酒气。"程祚山在陈虹身旁坐下，"把房子的事情也跟我讲过了，说是咱妈准备给小雪留点家底。"

"咱妈到底是怎么看我的？"陈虹犯起了委屈，"忙里忙外照顾这一家子人，我亏待谁了？亏待你妈了吗？亏待你了吗？是，我不是小雪的亲妈，没法把她当成亲闺女看，可说句良心话，我对她不好吗？"

"我知道，这件事是咱妈做得不对。"

程祚山有些头疼，他刚哄好前妻，现在眼瞅着陈虹也哭起来。

幸好陈虹没有醉酒，她瞥了眼卧室房门，很快调整好情绪，深吸了一口气。

"刚才打电话，夏丽芳一直跟我说什么对不起小雪，说咱们家日子过得苦，想给咱们点钱表示一下。"陈虹从之前的委屈变得愤怒起来，"现在装起好人来了，被我直接给怼回去了，还跟我要小雪现在工作单位的地址,我没给她。"

"小雪的手机关机了。"

你回来前我刚跟小雪的工作单位联系过,可是太晚了,人家都下班了,让我明天再跟服装厂人事处联系。"陈虹叹了口气,"这孩子也真是的,一点不怕咱们担心。"

"你说,要不要去上海看看?"程祚山顺势问道。

回家路上,程祚山其实就有此打算,甚至在明知道小雪手机关机的情况下,还不断将号码拨过去。或许程祚山并非真的担心女儿,只是借由这样的行为,让自己看上去很担心。

这种自己跟自己演戏的感觉,让程祚山感到恶心。

他从未想过,自己竟然会有如此令人作呕的心理。现在看来,夏丽芳与他一样,给陈虹拨电话不是想补偿,是为了消除自身的愧疚感而做出的自私之举。

程祚山想为程小雪做些实际的事情,不是敷衍地走走过场,而是能够坐下来,与女儿把所有问题推心置腹地谈一下。虽然有些晚了,但总比将问题扔在旁边,一直不去解决好。

只是他难以想象妻子陈虹的态度,毕竟去上海意味着要多出一笔花销,这对于他们现在的经济状况来说,不算小数目。

"去哪儿?"

陈虹的态度与程祚山预想的相同,她有些难以置信。

"小雪手机打不通,我总觉得有些不放心。"程祚山避过妻子的眼睛,"右眼皮这两天也是一直跳。"

"那也不用这么着急去上海吧?群艺馆的工作怎么办?服装厂那边不是还没回话呢吗?"

"我刚才去见夏丽芳的时候,跟她吵了一架。"程祚山决定实话实说,"她说我不是一个称职的父亲,对小雪一点都不关心。"

"她还有脸说别人？她自己不也一样，根本就没上过心？"陈虹有些愤愤不平。

"你也这么觉得？"

"当然，你们离婚以后，她连电话都没给小雪打过吧？"

陈虹沉默起来。

程祚山开口问道："你是不是也觉得我对小雪不够关心？"

陈虹直言相告："其实，不光是对小雪，你对雯雯也一样。"

"是吗？"程祚山苦笑起来。

"我其实能理解你。"陈虹握住程祚山的手，"跟家人你不太擅长表达感情，有时候像没长大的孩子，遇到问题总喜欢回避。雯雯这一点随你，不会的试题直接就不答了，但这并不是解决问题的正确方式。"

"那我现在应该怎么做？"

"先等等看，等明天服装厂上班了，咱们再打电话问问。"

"就算电话打通了，我该跟小雪说些什么？"程祚山一脸认真地问道，"到头来还不是什么问题也解决不了？她为什么要关机？为什么要刻意躲着我们？"

陈虹撤回握着程祚山的手，现在只能听他把话说完。

"联系不上小雪，我不放心。我现在想去上海找孩子，这有什么问题吗？"

一个父亲联系不上自己的女儿，要去她生活的城市了解情况，这是人之常情。

可陈虹为什么会觉得程祚山的行为反常呢？

平时牙尖嘴利的她，突然不知该如何接话了。

"爸爸，你要去找姐姐吗？"一个稚嫩的声音在卧室门口响起，穿着睡衣的雯雯正站在那里，眨着一双大眼睛。

"对,爸爸要去找姐姐。"

"我也想去。"雯雯低声说道。

"可雯雯还要上学。"程祚山安抚着女儿的情绪。

"那过两天,等学校放假了,我能跟妈妈一起去找你和姐姐吗?"雯雯心里惦记着之前藏起来的愿望,"我们可以一起去游乐场玩,我听沈沫说,上海的游乐场里有城堡,还有米老鼠跟艾莎公主,晚上还会放烟花。"

程祚山跟陈虹不再说话,他们面面相觑。

陈虹的表情仿佛做了某种决定。

"让你爸爸先去找姐姐,等找到了,妈妈再带你过去。"陈虹俯下身子,与女儿对视,"妈妈跟你拉钩。"

雯雯笑着与陈虹拉钩,程祚山有些出神。

无论是他还是夏丽芳,似乎都没与程小雪有过这样的交流。雯雯虽然常被陈虹训斥,但她信任自己的母亲,陈虹不会轻易点头,但允诺的事从不食言。

可是程小雪呢?

没人给过她什么承诺,她也从来没向程祚山要求过什么。

程小雪应该从来不曾信任过这个家吧?

因为程祚山这个父亲做得实在太不称职了。

5

二〇一八年十二月十五日,上海南站。

程祚山从列车上走下,兜里的烟早就抽光了,二十几个小时的颠簸，整个人骨头都要散架了。下车后，他见人三三两两围站在垃圾桶旁，便双手插兜凑过去，不惹人厌地蹭了一根卷烟，闲聊着南方的天气一旦到了冬天并不比陕东暖和多少。

出站后，程祚山查了工厂地址，从上海南站去松江，坐地铁应该很方便，但程祚山不知怎么换乘。

来之前，陈虹怕程祚山迷路，查到能直达工厂附近的公交车，发到了程祚山的手机上。

始发站有不少空座，程祚山斜挎着帆布包径直走向最后一排，在靠窗处坐好。从这里要一直坐到终点站，路上免不了会有颠簸。

公交车行驶缓慢。从火车站出来后，他想到一会儿要见女儿，空着手不大像话，火车站的礼品店里，那些包装好看的小东西又贵得吓人，便打算等到了程小雪工作的服装厂，就近找超市买些新鲜水果，相对划算一点。

他刚准备离开礼品店，突然瞧见好看的手机链，是十二生肖的小挂件，价格不高，又十分精美。

可当他挑选时突然忘了女儿的属相，回想几秒后才把"牛"给找出来，拿去柜台结账，还加两元买了好看的礼品纸袋。

程祚山似乎并未察觉到，他挑选礼物的小小心思，其实是为人父母的另一种敷衍。

公交车转弯，让程祚山的身子侧倾了一下。

抵达梅陇汽车站后，从这里要转乘松梅专线直达松江新城。

松梅专线公交车在单向车道上行驶了一段，很快拐向主路。程祚山原以为上海车流量大，公交车身长，行驶起来会小心翼翼，但司机驾轻就熟，也得益于城市建设规划的合理性，公交车上高速后一路畅通。

沿途路过东鼎购物中心，这让程祚山想起以前带程小雪逛过的老华联商场。

那是什么时候的事情了？

好像是小雪上初中前的暑假，他与陈虹一起陪小雪去老华联买新书包与文具盒，当时陈虹已经怀孕，小雪乖巧地跟在二人身后，一言不发。

那是程柞山最后一次陪程小雪逛百货商场，之后好像再没有过。

他看了看手上的老式精工表，服装厂应该已经上班了。程柞山拨通昨天从工厂值班室问到的人事处的号码，却得到了让他大吃一惊的回答。

"程小雪？她半个月前就被工厂开除了。"

人事处说的是"开除"，不是"离职"。程柞山再问细节，电话那边的人却支吾起来，只说"不清楚"，便将电话挂了。

程柞山的右眼皮突然跳起来。

这让他感到不安。

汽车到站，程柞山从松江新城站下车，步行二十分钟就瞧见了亭唐服装厂的大门。

门卫室里，穿着保安服的吴彦霖正盯着手机和昨天刚买的彩票，选好的数字没有一个同中奖号码相同，他气恼地将彩票揉成一团，扔入旁边的垃圾桶。

有人在敲门卫室的玻璃窗，吴彦霖没好气地问道：

"干吗？"

"我想去趟服装厂的人事处。"程柞山尽量让自己的态度客气些。

"去人事处干吗？找人啊？"吴彦霖不清楚对方的身份，讲话声也放低下来，"报一下对方的名字。"

"程小雪。"本来打算登记的吴彦霖，听到这个名字，突然怔了一下，担心听错，向程祚山再次确认道：

"程小雪？"

"对，她之前在这里上班，我是她爸。"程祚山注意到吴彦霖刚才的反应，"你认识她吗？"

"啊，知道，但没怎么说过话。"吴彦霖从座位上站起来，"叔，这样，你先在这里登记一下姓名跟联系方式，我带你过去。"

程祚山从吴彦霖手里接过笔，在登记簿上写下自己的姓名和电话号码。

踩着青石砖楼梯台阶，程祚山跟在吴彦霖身后一步步走了上去。

这里的办公楼让他想起以前工作过的桥梁厂。很快他们来到人事处门前，门虚掩着，里面坐着三名职员，两张桌子并在一起，放在门口处，房间里有用玻璃隔断拦出的单独空间，一张宽大的办公桌跟几个铁皮柜都在单间里，坐在桌前工作的是上了些年纪的刘文栋。吴彦霖探头进去。

"刘哥，来服装厂找人的。"吴彦霖说话很客气。

"找谁啊？"刘文栋戴着圆框眼镜，头顶有些秃，他上下打量着程祚山的穿着。

"程小雪。"程祚山刚说出女儿的名字，办公室里的气氛明显变了，刚才外间有说有笑的男职员突然安静下来。

见刘文栋没接话，程祚山急忙补充道：

"来之前我给你们人事处打过电话。"

"我接的，电话里不是跟你讲过了嘛，人被开除了！"

"为什么？"

"为什么？为什么我怎么知道？你女儿自己心理有问题，亭唐服装厂是开了二十几年的老厂子，我在这里工作了这么久，像你女儿这样的员工还真是第一次见。"刘文栋有些恼怒，"原本用来刷安全标语的红油漆，被她全部泼到了制衣车间卫生间的隔板上。"

"怎么会……"程祚山无法想象小雪会做出这样的事情，"这里面会不会有什么误会？"

"什么误会？当时在车间工作的女工都看见了，都是证人。我们车间也有监控录像，是有证据的。"刘文栋瞧出程祚山不相信，"你要是不信，就跟我们去看一下嘛！最近厂里事情多，忙得一塌糊涂，把卫生间弄得乱七八糟，还得让工厂给你女儿收拾烂摊子。"

没等程祚山回应，刘文栋已将手上的文件夹合上，站起身，径直朝办公室外走去。

"跟着啊！"在刘文栋的催促下，程祚山这才挪动脚步。

临出门前，似乎听见身后有人小声议论，程祚山站住脚，扭头看向靠窗处交头接耳的两名男职员，对方似乎意识到被人凝视，很快停止交谈，佯装处理面前的文件。

不对劲。

自从程祚山抵达服装厂后，遇到的人似乎都对他存有某种提防与敌意。这种如鲠在喉的异物感就像炎症，让他浑身不适。他与这里的员工素不相识，炎症只可能是女儿程小雪在厂里的作为引起的。

可是程祚山印象中的程小雪乖巧懂事，无论如何都做不出泼油漆这样的事情。

是服装厂的工作人员误会了？

抑或是他对女儿根本就毫不了解，一无所知？

程祚山跟在刘文栋与吴彦霖身后，往服装厂的制衣车间走。还没到午休时间，此刻所有女工都在忙碌。西平市也有服装厂，但不像这里身着统一的制式服装，或许是为了看上去整齐划一。

刚才在办公楼的走廊，程祚山瞧见公司介绍，知道这里不是那种只做代工的小工厂。透过这里的员工上班时的样子，程祚山能够想象程小雪在这里工作时的场景——

沉默寡言，低头不语，只顾着将一件件衣服缝好。

可程小雪高中毕业后上的是卫校，是何时学会缝纫的呢？

李秀芬家里有一台缝纫机，她退休后没事做，会在小区居委会接一些缝补衣服的活儿，补一件衣服两元钱。程小雪或许是从李秀芬那儿习得的，但程祚山全然不知。他浑浑噩噩地在西平市过着煎熬的日子，常年居住的一居室堆满了生活琐事，他将精力全部耗尽，以至于无暇他顾。对母亲与程小雪这两个同自己关系最亲近的女人，毫无嘘寒问暖的关心。

真是失责啊！程祚山这么想着。

程小雪在服装厂是否也像他一样，通过缝纫一件件衣服将日子塞满，机械般重复着每天的生活？

"到了。"

吴彦霖小声提醒着，程祚山这才瞧见那扇贴有"施工中"封条的大门。刘文栋将封条小心翼翼撕下，他一会儿还要复原。

卫生间门被推开，程祚山瞧见一片狼藉。地上的油漆点已干，凝固成难以清除的红疙瘩，像程祚山小时候患过的水痘。其中一扇隔间的门明显因外力作用而扭曲变形。

不知道工厂为什么不将这扇门拆下来，任凭它在那里歪斜着，像是有意提醒着别人这里之前发生过的事情。

鹃姐来到洗手间门口，向里张望。刘文栋瞧见，挥手招呼她进来。

"鹃姐是制衣车间的清洁工。"刘文栋介绍着，"这是程小雪的父亲，来找女儿的。"

"那孩子不见了吗？"鹃姐担心起来。

"这些……是小雪干的吗？"程祚山询问道。

鹃姐点了点头："最开始她把自己反锁在那边的隔间里，待了很长时间，我敲门的时候闻到了酒味，就跑去告诉巡视员。"

"酒？"程柞山困惑道。

"白酒，当时地上还放着好几个空瓶子，之后她突然从外面拎着油漆跑进来，就跟疯了一样……"

刘文栋举起手，鹃姐没再说下去。

程柞山进入鹃姐刚才提到的隔间，看着被泼了红漆的隔板，几乎瞧不出之前的颜色。奇怪的是，隔板上偶有没被油漆附着的地方，程柞山清晰地瞧见刻下的数字。前面几位数已经被油漆盖住，可尾数同程小雪的生日相同。

不知道是谁刻在这里的。

是否有更多没看到的信息掩盖在红漆之下，程柞山不得而知，但这件事绝不像刘文栋说得那么简单。

"你女儿去哪了，我们厂肯定不知道，这里的情况你也看到了，还是去别的地方找找吧！"刘文栋扭头看向吴彦霖，"送他出去吧。"

刘文栋向外走去，皮鞋跟地砖接触，发出嗒嗒的响声。

程柞山仍在原地呆站着。

在这个服装厂，女儿究竟遭遇了什么？

6

几乎是迫不及待地，陈虹将之前保护地板的报纸撤去，开窗通风。

这样冷的天气，风大，屋里残余的味道很快散去。程小雪房间留下的物品都已经被装进纸壳箱。

铁路里小区有下房，但下房潮湿。之前的单面楼如果出租，这些留下来的物品就没地方搁，除非继续放在家里。

小屋的单人床被拆走，换成了上下铺。程小雪偶尔回来，至少有地方住，纸壳箱和一些换季衣物也可以放到床下空出的位置。

陈虹是这样想的。

屋里没收拾的还有柜子里程小雪的一些衣物跟零碎物品，不知道她还要不要，有些带卡通图案的短袖，陈虹做清洁时倒是可以穿。

但这件事她不敢一个人拿主意，毕竟物有所属，不能随便据为己有。

陈虹对于程小雪的情绪十分敏感，她以后来者的身份进入程祚山的家庭，程小雪没有抵触，这对她而言已经算是尊重了。

程小雪一直叫她陈阿姨，说话永远带着略显疏远的客气，陈虹也总是小心谨慎。或许她们不会变得更亲密，但关系也不至于僵化。

虽然没有血缘关系，但毕竟是一家人。

庆幸的是，程小雪对雯雯很有耐心，是雯雯倾诉小小心事的好姐姐。家里有个真心对待雯雯的帮手，减轻了陈虹不少的压力。

主卧的旧衣柜已经换成了现代风格的板式家具，里面挂满陈虹的衣服。她瞧见一件红色针织衫，是程小雪高中毕业后用暑期打工挣下的钱买给她的。

相同款式，李秀芬有一件浅灰色的，走时穿在身上，火化时被一起烧掉，混在了骨灰盒里。

程小雪的个人物品里有个老相册，翻开一看，都是以前的老照片，大多是程小雪父母年轻时的合照，程小雪自己的照片并不多，只有零星几张，也都是小时候的。

不小心从相册里掉落的信纸,是小女孩才会折的心形。

陈虹原本以为是程小雪上学时暗恋某位男生,写下情书,却没有勇气送出。

可当她将信展开,才发现这是一篇作文:

  在我曾经无数次做过的梦中,爸爸是一棵松树,冬至落雪,叶脉仍是绿色;夏至酷暑,能让我遮阴纳凉。

  但梦终有一天会醒,松树挪去了他处,成为别人的避风港。

  自你搬去新家已经过了六年,这六年间你并没有陪过我太多时光。而今我已经十八岁了,再有两个月就高考,到时我就彻底变成大人了,也就不再需要你,不再需要这个家了。

  我很早便有了独立生活的能力,但这并不是我想要的。

  我想同别的孩子一样,不高兴的时候有父母可以让我撒娇,听我说些不要紧的事情,让我一遍又一遍地抱怨你们的唠叨。可我真正拥有的,只是奶奶的缝纫机,还有那台坏了很久却不曾被人发现的电视机。

  或许以后我会嫁人吧,嫁个很爱很爱我的人。但我又对婚姻充满恐惧,仿佛那些相爱的人一旦结婚生子,便会分道扬镳。

  或许我也一样,毕竟生活至今,上天对我并未有过太多关照。

  十八年间,你不断地缺席与错过,而我的时间却不会停止,最终将如溪水般历经无数汇入大海。

或许有一天,我会突然消失,那时候的你也不会太在意吧?

在不知不觉中,我成为不被父母在意的孩子。

在不知不觉中,你们也已经失去了我这个女儿。

程小雪的字写得很小,很秀气,只有薄薄的一页纸。
但不知为何,陈虹突然觉得这封信好沉,好重。
她小心翼翼地将信纸折成之前的样子,放回相册。
相册里有了信,陈虹一时不知该将它放到何处。
那么就先放回原位吧。
将相册重新放好后,一天没有接到程祚山消息的陈虹,直接把电话拨了过去。

7

接通电话时,程祚山正跟在吴彦霖身后往服装厂大门走。

他把今天了解到的情况同陈虹简单说了一下,妻子的回应比想象中要激烈。

"家里的事你帮不上忙就算了,现在连个大活人也找不到。"陈虹帮程祚山出主意,"他们人事处说小雪泼油漆,你信吗?你自己闺女啥样你不清楚吗?反正我不信!要我说,就是工厂在推卸责任。"

"我去厂里的卫生间看过了。"程祚山反倒帮服装厂解释起来,"工厂说小雪在这边谈了个男朋友,产生了点情感纠纷,有可能是分手了心情不好。这件事工厂也没继续追责,原本是要赔偿的……"

"程祚山！你是谁爹啊？服装厂是你家开的啊？在这儿帮他们说好话！"

程祚山不顾家，陈虹从来没埋怨过他。但他与外人交往时，不敢撕破脸皮，明知自己吃亏也委屈接受，这是她最不能理解的。

"工厂有食堂吧？小雪在厂里得住宿舍吧？你去给我问，问不到就在上海待着继续找！反正这个家你平时也不怎么管。"

电话挂断后，程祚山茫然无措，抬起头瞧见吴彦霖正盯着自己，露出略带歉意的笑容。

"我可以跟小雪以前的室友聊聊吗？"

"人事处刚才已经说得很清楚了，你女儿不在厂里工作了。我就是个打工的，叔，您别难为我。"

吴彦霖不想跟他耽误工夫，于是伸手拉拽他，程祚山只好跟在他身后，继续朝工厂门口走。

周宏亮开车从程祚山刚刚离开的位置经过。

透过车窗，瞧见穿保安制服的吴彦霖正在与一名上了年纪的中年男人拉扯。

周宏亮不想多管，径直将车开到办公楼前的停车位上。

从办公楼到服装厂正门，恰好经过食堂门口，赶上饭点，女工们正摩肩接踵朝食堂走去。程祚山仿佛在人群中瞧见了女儿程小雪，他突然朝人群中跑去。吴彦霖一时没反应过来，直到身后响起骚乱声，才发现程祚山正向女工问询程小雪的下落。他急忙跑过去，试图拉程祚山离开。

今天与平日并无不同，每天下班前，周宏亮会将百叶窗关好。次日推开办公室的门，他做的第一件事便是打开百叶窗。

屋里的潮气要靠通风驱散。打开窗户，楼下不远处吵吵嚷嚷的声音便随风一起钻进来，从那些围观女工的议论声中，他似乎听见了程小雪的名字。

周宏亮瞧见程祚山被保安拉走,似乎猜到了这个中年男人的身份,于是拨通人事处的电话确认。

"今天有人来厂里找过程小雪吗?"

"他说是程小雪的父亲,从西平市过来的。"话筒那边响起了刘文栋的声音,"那件事怎么办?瞒着不说真的没关系吗?"

"我会处理的。"

周宏亮将电话挂断,想了想,用手机拨通了另一个号码。

8

服装厂保安科被铁皮柜分隔成两个区域,里面是监控室,墙上挂满液晶屏;外间是办公区,放着一个供人临时休息用的三人位沙发,茶几上堆放着零乱的杂物。

程祚山被带到这里时,眼睛一直朝里面的监控室瞥。

保安科的叶勇军站在程祚山对面,他个子不高,但肩膀很宽,左边是一只假手,不知道他经历过什么,另一只手很大,看上去异常有力。

"坐。"叶勇军警惕地对程祚山上下打量。

他不喜欢叶勇军的眼神,看自己如同看被审讯的犯人。

程祚山端坐在沙发上,身体前倾,试图让保安科的人明白自己想达成的目的。

"我只是想找我女儿以前的室友聊一聊,看她们知不知道小雪的下落,这有什么问题吗?你们凭什么拦着不让问?"

程柞山并不觉得自己提出的要求过分。

"现在最关键的问题，是怎么证明程小雪是你的女儿。"叶勇军的语速不快不慢，"她的入职信息已经给你看过了，紧急联系人写的是李秀芬……你不是李秀芬吧？"

"李秀芬是我妈，联系电话留的也是我妈的号码。"

"可父母一栏空着。"叶勇军紧接着说道。

这个问题，程柞山难以给出答案。

"我们刚才打过紧急联系人的电话，可手机关机了。"

"我妈前一阵去世了。"

"除非派出所给开证明，不然无法证明你跟程小雪的父女关系。我们工厂有明确规定，你要是再这么胡搅蛮缠，就不是请你走这么简单了。"

"谁胡搅蛮缠了？明明是你们一直在咬文嚼字！"

咚咚咚！

周宏亮敲门很用力，似乎只有这样才能让保安科的人把注意力挪到他身上。

"周经理。"

叶勇军正要说明情况，周宏亮却直接走到程柞山面前。

"您好，我是服装厂的总经理周宏亮。"他笑容亲切，"情况我跟人事处了解过了，他们在跟女工宿舍沟通，一会儿我带你去程小雪以前住的宿舍。"

程柞山一时间不知如何回答。

沉默几秒后，他才从嘴里挤出了句"谢谢"。

几乎同时，程柞山瞥见了吴彦霖的反应。

吴彦霖将身子侧了过去，似乎有意回避与周宏亮的眼神接触。

人的良心往往是不太敏感的,很容易视为理所当然。

——张爱玲《纸短情长:张爱玲往来书信集1》

第三章
陌生的室友

1

　　程小雪在更衣室刚刚换下工服，因工作劳累而感到手腕酸胀，胡姐说用毛巾热敷能很快缓解。

　　这里的工作远比想象中辛苦。虽然工作时长比之前做的暑期兼职要短，但在餐厅工作，食客有来有往，不会一直忙碌。

　　可服装厂不同，从早上八点开始上工，除去中午一个小时的午饭时间，一直要干到晚上六点才能下工。

　　程小雪一开始没有工作台，她负责穿吊牌，将合格纸在卡片上逐一贴好，再用绳将商标跟合格卡穿在一起。

　　一天下来，差不多要穿几千份。

　　穿吊牌的工人跟胡姐很熟，午饭时胡姐自掏腰包给程小雪小组的工人加菜，嘱咐她们对小雪多加关照。于是程小雪与同组工人相处得还算融洽。

　　两周后，程小雪就被调到了制衣车间。

　　车间近百号人，程小雪记不住他们中的大多数人。好在这里工作量大，没人计较，只是按时上工，到点下班，以宿舍为单位，各有各的小群体。

车间巡视员会检查工人制衣成品的质量，工作不能敷衍了事。胡姐偶尔会给巡视员塞上两包烟，没有偷工减料的意思，工作照常完成。

"拉近点关系没什么坏处的呀，没准哪天要开口找别人帮忙，人情是不能现做的。"

程小雪听胡姐说，亭唐服装厂在生意做大前日子更苦，周末也要加班，那时没办法，人穷只能多吃苦。后来，工厂正规起来，又开始打板做线下的品牌店，偶尔还会帮一些大公司做代工。

买卖越做越大，开始重视起了劳动法跟企业形象，不敢再让员工连轴转了。

胡姐以前也想过开工厂、做老板，可先不说场地租金，光是充棉机跟车线机就要花上一大笔钱。

"我主要是嫌麻烦。"胡姐嘴上这么说，但温筱晴告诉程小雪，胡姐主要是怕赔钱。

有些人胆子大，喜欢折腾，过不了平常人的日子。

但大多数人追求安稳，只想过一日三餐的平常生活。

程小雪好奇温筱晴是哪一种，她笑道："我是夹在中间的那种，希望生活安稳，还想过不平常的日子。"

她反问程小雪，程小雪给不出答案，她不懂什么叫作"平常"，正如她当初莫名来到上海。程小雪只知道自己不想要什么，却从未想过想拥有怎样的生活，要过什么样的日子。

"那是因为你只会缝纫，不懂裁剪。"温筱晴笑话她，"同样都是用剪刀，有些人知道要先选好起点跟终点，剩下的就是考虑如何走线了。在我看来，这跟人生是一个道理。"

程小雪摇了摇头，她还是不懂。

无论是短线还是长线，程小雪都毫无想法。但温筱晴永远有生活目标，或许这跟她剪刀用得好有关。

制衣车间禁止携带手机。下班后的更衣室，是亭唐服装厂最热闹的地方。不少女工还没脱下工服，就先拿出手机回复信息或是拨打电话。今天是发薪日，程小雪的手机没有未接来电，短信也只有一条，是工资卡的进账信息。

服装厂按月将工资打到银行卡上。程小雪虽然入职还不满一个月，但厂里按满月工资统一发放，另外根据个人完成的计件量额外还有提成。对她来说，这是笔不小的收入。

要拿这笔工资做些什么呢？

请宿舍室友吃饭是板上钉钉的事，这一点毋庸置疑。

还有保安科的吴彦霖。当时程小雪来厂里报到时，吴彦霖热心带她去人事处，分配好宿舍后，又陪她到工厂外的超市买生活用品，一路帮她把东西拎到宿舍楼下，互相却没留下联系方式，只知晓彼此的姓名。

他们偶尔在厂里遇到，会打招呼。

现在发工资了，总觉得要请室友跟吴彦霖吃顿大餐。

程小雪在这里人生地不熟，之前谁都不认识，却得到他们不少帮助，不能毫无表示。

回到宿舍，她刚说出口，却遭到何桃的坚决反对。

"你呀，还是社会经验少，出来工作不能跟读书时一样，随便相信人，是会吃亏的呀！"何桃坐在程小雪身旁教育道，"吴彦霖对刚来的女工都这样，这样那些女工才会觉得这个男人好。你看，这小伙子长得也不错，个子又高，还平易近人。回头等你发工资，瞧着吧，他该开口找你借钱了。"

"不会吧？"程小雪将信将疑。

"吴彦霖赌博，烂赌鬼一个，厂里的老员工都知道。本来保安科是想把他开除的,但这个人太不是东西,三天两头地闹,好像还有社会上的人保他,工厂只好把他放在门卫室里养着。"

胡姐刚泡完脚,用一条小方巾擦拭,她插话道:

"桃子刚来的时候,还说吴彦霖模样好,别说工资了,差点没把人也给了他。"

"我当时不知道嘛,你们也不跟我讲。"何桃笑了笑。

"你暗戳戳地跟他联系,我们哪里会知道?"胡姐将脚盆端去了卫生间。

"一个月工资都借给他了,催多少次也不见他还,我也不要了,就当把钱烧给鬼了。"

"你这张嘴啊!"躺在宿舍床上看书的温筱晴突然冒出一句,"几千块,你烧给赌鬼还不如烧给我。"

胡姐跟温筱晴开着何桃的玩笑。程小雪心事重重,将脏衣服堆放到塑料盆里,拿到公共区域的洗衣房去洗。上海到了冬天,衣服挂好几天都干不了,常见女工用吹风机在阳台上吹衣服。

倒入洗衣液,按下启动按钮,程小雪正瞧着洗衣机开始转动的滚筒出神。

手机响了,是吴彦霖打来的。

接通后,吴彦霖说的第一句话果然是借钱。

可程小雪惦念自己刚来时得到过他的帮助,偷偷发短信约吴彦霖在服装厂后门口碰面。她没敢跟室友说实话,而是借口在公共浴室的储物柜里落了东西,便急匆匆地跑了出去。

何桃心大,信以为真。但胡姐和温筱晴的社会阅历多,一眼就瞧出程小雪是要去见吴彦霖。

"明明都跟她讲清楚了,偏不信。"温筱晴有些无奈。

"小姑娘嘛,让人骗一次就长记性了。心里懂得念别人的好,不愿意欠别人，有人情味，也不算是坏事。"胡姐叹气道，"只不过现在的人，没良心的多，有人情味的反倒要吃亏吃苦。"

"钱不多，只有五百块，这钱不用你还。"程小雪的眼睛直勾勾地盯着吴彦霖瞧，盯得他发慌。

"不还怎么行……"

"我听说你的事了，钱是给你吃饭用的，别再赌了。还有，以后别再给我打电话了。"

她将钱塞到吴彦霖手里，转身朝远处走去。

吴彦霖会听她的话吗？

怎么可能？如果人这么容易就能改变，那在这个世界上，很多事情就不会变得那么复杂了。

人心，原本就是无法捉摸的东西。

像是上了一堂课，在这座新城市刚刚放松下来的程小雪，心里再次竖起了防线。她原本就不相信自己会得到幸福，连有血缘关系的父母都无法信任，更何况是陌生人。

现在终于应验。

她不被神灵庇佑，或许，她就不应该出生。

有些人知道惦记别人对自己的好，比如程小雪。

有些人不懂良心是什么，他们只知道利己，一副厚颜无耻的样子，戴着人皮面具乞讨他人的施舍，就像吴彦霖。

胡姐之前说，有人情味是要吃亏吃苦的，苦也很快找了过来。

程小雪在服装厂工作的第二个月，又到了发工资的日子。吴彦霖不停给她打电话，逼得程小雪只好关机。她承受着某种巨大的压力，何桃埋怨她当初的善意。

鬼饿了要找吃的，明白要躲着恶人走，所以才找程小雪这样的老实人欺负。

"保安科不管，那就报警，我不信他到了派出所还能这么浑！"

温筱晴义愤填膺，边说边把手机掏出来，却被何桃拦住。

"他什么样你又不是不清楚，报了警，结了仇，就吴彦霖那个死样子，能不找小雪麻烦吗？"

"那你说咋整？"两个月的相处，温筱晴之前的南方口音，开始变为北方语气。

"钱肯定不能给，小雪手机也不能一直这么关着……要不你找吴彦霖聊聊去？"胡姐在旁边支招，怂恿何桃上阵。

"胡姐，你年纪大，要我说，你去找他聊比我管用。"

"你觉得那个小赤佬懂尊老爱幼？你俩之前毕竟谈过……"

"我会跟他谈？！"何桃情绪激动地打断胡姐，"姐，这臭水可别往我身上泼啊！"

"谈了就谈了，还不认，你不愿意去找他就算了。"

胡姐跟桃子两个人怄气，程小雪没想好解决问题的办法，宿舍熄灯后她睡不着，仿佛窥见有人溜门撬锁，蹑手蹑脚钻入屋内。

她汗毛都竖起来了。

及至那人一身酒气地来到小雪床边坐下，她这才瞧清楚，进来的原来是室友温筱晴。

她倒头搂着程小雪发抖的身子躺下，刚从外面回来的她身上冰凉："别怕，都解决了，以后吴彦霖不会再找你麻烦了。"

不明不白地说完这句话，温筱晴很快睡去，发出轻微的鼾声。被她搂住的程小雪不敢挪动身子，也不明白刚才温筱晴话里的含义。

第二天醒来，程小雪问温筱晴做了什么，温筱晴不说，仿佛昨夜醉酒的是另一个人。

后来程小雪才从胡姐嘴里听说，温筱晴从嘉定叫来几个朋友，把吴彦霖揍了一顿。话说得很清楚，这里就挨着黄浦江，再有下次，就把他绑上石头扔下去，用不了多久，鱼就会把肉啃光。

烂赌鬼身无分文，就剩下一条命苟延残喘，此后不敢再发信息或打电话骚扰程小雪。

"还以为阿晴是个乖乖女，没想到做起事情来，像个小阿飞。"胡姐不免感叹，"以后不好以貌取人了。"

生活再次平静下来，开始回到正常的轨道。

周五晚上，四名室友照例去松江大学城附近觅食。

这是程小雪第一次喝黄酒，以前在西平市生活，跟卫校的同学聚会时她偶尔会喝冰啤，凉到胃里。

黄酒不同，要喝温过的，喝完以后身子跟着暖和。

"日子总不能一直这么过下去吧？一个月六千多的工资，放在小城市算是高收入，可要在上海买房子，这点钱要攒到什么时候？"何桃因酒精作用，脸颊泛红。

"你学历不够，现在满街都是大学生，想找好工作，还不如找个好人嫁了呢！"胡姐搭话道，"我认识几个在松江有房的，家里还有点小营生。"

"准备给我介绍啊？"何桃突然来了兴趣。

"介绍，那也得先给咱们小雪介绍啊，人家好歹还有个大专文凭，人长得也漂亮。"胡姐笑了笑，"关键是她没你这么物质，你这脑子里呀，装的只有钱。"

"还有好看的衣服跟化妆品。"温筱晴在旁边打趣道。

"那也是想把自己包装得好看点，回头卖个好价钱。"胡姐说。

"小雪，你来评评理！是谁规定女人想嫁个好人家就是拜金？谁不想自己的日子过好点，你不想？"何桃看了一眼胡姐，随即又瞧向温筱晴，"还是你不想？穿漂亮点，没准会被哪个有钱人看上，万一成了就是麻雀变凤凰,飞黄腾达!"

"厂子里的领导哪个不是半大老头?一个个有家有室的,就算人家能看上你,你还能给人家当情妇去啊?"

"给钱就当呗。"何桃半开玩笑道。

"瞧你这点出息!"

胡姐呸了一口,随即笑了起来,何桃也跟着笑。

"你刚多大啊,现在能挣六千多,攒点钱报个成人大学,把学历往上提一提。服装厂这边省了你租房子的钱,短期内是尝不到什么甜头,但是坚持下去,以后没准能转正。你看人事处跟财务部的工资,每个月都能开一万多呢!"

温筱晴说这些话时很有底气,她在服装厂工作了三年,利用业余时间读了个专升本,学的是财会专业,现在攒钱准备再读一个工商管理硕士。

何桃没有温筱晴这样的毅力,也理解不了她的想法。

"真是看不明白,你这么在乎时间,周末却还总是往嘉兴跑。"何桃往嘴里塞着花生米。

"父母岁数大了,虽然有哥哥帮忙照顾,但毕竟是做女儿的,总不能撒手不管。"

说完,温筱晴将半杯黄酒一口喝进肚里。

"小雪,你为什么要来上海打工啊?离家这么远。"何桃问。

"不知道。"

程小雪说的是实话,她确实不知道自己为什么会来这里,何桃刚才说的离家远,或许是程小雪远行的一个原因。

她想逃离从前的生活环境,就像寄居蟹长大了,要换背负的壳。

"一个人出来父母不会担心吗?"何桃有些看不清形势,招来胡姐跟温筱晴的白眼,"你们瞪我干吗?聊天嘛,我又没说错什么!"

"我家里只有一个奶奶，"程小雪停顿一下，"但我在这里有你们。"

所有人都不再说话，何桃笑了笑，最先举起酒杯。

四只杯子各装半满的黄酒，碰撞出风铃般悦耳的响声。

饮下黄酒，程小雪心里萌生暖意。

以后的日子都如这般，每到发薪日，几个人就会找大排档去吃饭。饭后偶尔还会结伴去量贩式歌厅唱歌，团购优惠券会赠送酒水与果盘。

每到周末，温筱晴照例回嘉兴老家，程小雪会陪何桃去逛服装小店，胡姐回家带孙子。她老家在湘南，能吃辣，周日常带些鸭货回宿舍。何桃不喜欢吃辣，但程小雪和温筱晴喜欢。

宿舍里很热闹。

程小雪有了属于自己的生活与朋友，仿佛乘坐火车驶上另一条轨道，驶往春天，远离了西平市的冰雪与寒冷。

或许这也是奶奶希望程小雪能过上的生活。

2

周宏亮带程柞山进女工宿舍前做了报备。

宿舍楼里随处可见晾晒的女士衣物，每次瞧见，程柞山都会刻意将视线移开，显得有些局促。

大多数男人同程柞山一样，对他人的生活有偷窥的欲望，尤其是对女人的生活，只是程度不同。人的好奇心与生命同时降临世间，越被禁止，越想试探。

可是走在前面的周宏亮却神态从容,似乎早已习惯这样的"大"场面,又或是对此全然没有兴趣,但这样的男人并不多见。

除非有其他事情正占据着周宏亮的大脑。

但会是什么事呢?

服装厂的工作,还是程小雪的下落?

程祚山不得而知。他们经过洗衣房,向右拐过廊道,行至一排宿舍门口。

其中一扇门虚掩着,这里就是女儿以前居住的房间。

人事处提前通知,要对女工宿舍楼进行安全检查,理由是担心女工使用大功率电器,刻意弱化事情的负面影响。毕竟程小雪的事情之前在服装厂闹得沸沸扬扬。

"小雪之前住在这里的时候,有关系不错的朋友吗?"

程祚山试图摆出一副严肃的样子,因为之前的礼貌客气让他在人事处与保安科吃了瘪,他单纯认为,要以威慑态度待人,于是学起陈虹说话的语气,问道:

"谁住她上铺?"

"我!"温筱晴并不忌惮程祚山,反而有些反感,"我们和小雪不熟,你自己的女儿你应该了解,她在宿舍不太爱说话,平时也是独来独往。"

"她出什么事了吗?"何桃观察着程祚山脸上的变化。

"那倒没有,她手机关机了,我联系不上。人事处说小雪已经不在这里上班了,我有点担心,怕她出事。"

"我们只听到过她给奶奶打电话。"胡姐忍不住插话道,"小雪被开除前,在厂里也工作了半年多,从没听她提过自己的父母,你们之前给她打过电话吗?"

程祚山感觉宿舍里的人对他有些防备,忙翻出钱包,里面放着他跟陈虹、雯雯的合影。

这张照片压在另一张照片上面,他取出被压住的那张。照片泛旧,上面是小时候的程小雪跟当时还烫着卷发、穿皮夹克的程祚山。

"这是小雪吗?几岁时照的?"胡姐端详起来。

程祚山再次询问:"你们真不知道她在哪儿?"

几乎同时,程小雪的三位室友都将视线转向站在程祚山身后的周宏亮,他一如既往挂着那副无害的笑容。

程祚山瞧见她们不约而同地摇了摇头。

询问完毕,他不再有继续待在厂里的理由。

程祚山被周宏亮送到大门口,周宏亮将一张名片交给程祚山,上面写有他的职务和联系方式。

"老哥,你先别着急走,服装厂对面有家招待所,跟我们厂有合作关系,我让他们给你开了间房。程小雪离职后的情况厂里确实不清楚,但我会让人事处再帮着联系一下,你等我几天。"周宏亮用手指了下名片上的号码,"你刚来上海,有什么需要,可以打这个电话。"

"那怎么好意思……"程祚山并不讨厌面前这个说话文气的男人,"住宾馆的钱我自己付。"

商务车被工厂司机开到了大门口,周宏亮示意程祚山上车。

"过条马路就到,我走过去就行。"

"正好我要出门,坐车一起过去吧。"周宏亮看向吴彦霖,吴彦霖急忙拉开车门,他似乎十分惧怕周宏亮。

这是程祚山的直观感受。

工厂里的人,好像格外在意周宏亮的脸色,不知道除了上下级的关系,是否还有其他原因。

程祚山回想起自己在厂里的遭遇,对程小雪现在的安危更加担心起来。

晨龙招待所的建筑有些老旧，但地理位置相对安静，有自己单独的院落，门前种着黄葛树。现在的上海已入冬，树上叶子已经全部掉落，只留下枯枝和粗壮的树干。

周宏亮跟程祚山介绍说，这棵树有上百年的历史，附近住的本地人都管它叫"父子树"。

"招待所的这栋楼以前是一栋花园别墅，当时房主的儿子打仗死了，这栋别墅就被老人家捐给了政府，但有一个条件，这棵树不能挪，因为是他儿子生前种下的。后来这里改建成了招待所，多少年的老房子了，修修补补不知道多少回了。"

程祚山对这些故事没兴趣，他清楚周宏亮只是不想冷场，所以才找了一个无须程祚山回应的话题，避免尴尬。

二人经花园向招待所里走去。走廊的窗户为实木制作，楼体外观老旧，但室内装潢一看就是花大价钱修缮过的。

周宏亮帮程祚山在前台办理入住手续。

之前程祚山还信誓旦旦地说要自己付钱，可瞥见前台挂着的价格，他突然哑口，只能佯装同周宏亮客气。

"让你付钱，这怎么好意思？"程祚山的脸涨得通红。

"服装厂有招待费的，这笔钱也不是我个人出，你呀，就放心住。"周宏亮说话时语气真挚。

程祚山这时才明白，周宏亮执意要送他过来，就是为了支付住招待所的费用。

周宏亮带程祚山来到要入住的房间，面积不大，但干净整洁。

"虽然旧了点，但这里安静，吃得也不错，你要是饿了，可以直接给前台打电话叫餐，直接挂账就好。"

周宏亮处理好这些事宜，简单寒暄了几句便急匆匆走了。

程祚山从招待所房间的窗户向外看，这个位置斜对着服装厂的大门，周宏亮的车停在楼下，他急忙将那辆纯白色商务车的车牌号记下。程祚山不知道自己为什么会这么做，完全是一种无意识行为。

他瞧着商务车向远处开去，重新将视线移回屋内。

不见的女儿、被泼漆的服装厂卫生间隔板、对女儿有所隐瞒的一众室友、热心帮忙还为自己支付住宿费的服装厂经理……疑点太多了。

原本不能确定女儿是否遭遇了某种伤害的程祚山，此刻愈加确信。

招待所为掩盖发霉的墙面，贴上了暗红色的墙纸，靠近踢脚线处翘起的一角，清晰地露出霉斑。

程祚山寻找女儿的心情变得愈加迫切与不安。他并不知道，同样感到不安的还有刚刚抵达饭店的周宏亮。

他抵达饭店后没有直接前往包厢，而是先到卫生间洗了把脸，如果一副心事重重的样子，一定会惹来大家的关注。

今天是庆祝妻子表弟考上大学的升学宴，他不是主角，所以最好不要过于引人注意。周宏亮将脸上的水擦净，又稍微整理了一下头发，检查了手提包里红包的厚度，重新装好，这才向包厢走去。

"不好意思啊，来晚了，抱歉！抱歉！"周宏亮从夹着的包里拿出厚厚的红包，塞到表弟手上。

终于入座，见众人的视线不再落到他身上，这才放松下来，但多少显得有些心不在焉。

"怎么了？"妻子陈莉轻声问道。

"可能是今天太累了。"周宏亮调整着自己的状态，将酒杯斟满，"爸，我陪您喝一杯。"

"平时在家莉莉不让你喝吧？"岳父开着他的玩笑，"先别急着跟我喝……都安静一下啊，让我这个女婿说两句。"

"爸，我有啥讲的？"

"今天是升学宴，整间屋里就数我女婿学历最高，名牌大学的硕士。"岳父语调很高，多少有些炫耀的意思，"知识改变命运，今天是小涛的升学宴，你这个当姐夫的，有什么不好讲的？讲！"

周宏亮瞧出岳父正在兴头上，不敢推诿，但长篇大论又怕喧宾夺主，令人厌烦。

陈莉见状，急忙给面前的杯子倒满饮料，举杯说：

"光学习好也不行啊，上大学了，小涛，下次回家给你妈带个儿媳妇回来！"

"对对对，找个女帮友！"

"找女帮友嘛，勿能光看卖相，脑子也要清爽的。"

有陈莉起头开表弟的玩笑，场面很快热闹起来，话题也从小涛的学业变成以后的婚姻。

饭局很快结束，怀孕的妻子陈莉驾车。周宏亮喝了不少酒，坐在副驾驶上，被安全带勒着，有些喘不上气。他将电控车窗摇下半扇，很快被陈莉再次摇上，她担心吹到坐在后排因醉酒睡着的父亲。

陈莉的母亲有些疲惫，但她没饮酒，嘴上不停念叨：

"医生都说了，让他戒酒戒烟，我怎么劝都不带听的，我拿你爸也真是没辙了。"

"今天这种场合，高兴就让他喝点吧。"陈莉打亮转向灯。

"你呀，就知道惯着他，早晚会惯出毛病来。"

岳母的话似乎另有所指，但周宏亮此刻全然不觉，他在想着另一件事。

将陈莉的父母送回家，周宏亮将岳父架进屋，幸亏楼房有电梯，一番折腾过后，周宏亮醉意早已醒了大半。回家途中，他与妻子仍然一言不发，直到陈莉开口问道：

"出什么事了？"

"程小雪她爸，今天来工厂了。"周宏亮没再说下去，陈莉一时沉默起来。

"你打算怎么办？"

"我能怎么办？又不知道她人在哪里。"周宏亮语气有些焦虑，他也意识到了，"对不起！"

"你呀！"陈莉叹了口气，"麻烦不可能无缘无故来找你吧？你还是好好想想吧，要不然咱俩这个家，也维持不下去了。"

周宏亮没答话，看着手机通讯录里标注着程小雪名字的电话号码。

想起他第一次见到程小雪时的样子。

那个穿白色长裙、在台上唱歌的短发少女。

3

立秋，上海的天气仍然闷热，还没到服装换季的时候。来福士广场开着冷气，福州路街角的修鞋匠穿着白背心，延安路上的东海商业中心，从全家便利店旁边侧门进出的是穿芭蕾舞裙的孩子。

自程小雪到松江工作后，这是第一次来市里，拗不过何桃的苦求，她们坐公交车驶向这座城市的中心。

何桃出行没有理由，也不找借口，所以程小雪最开始才会拒绝。受温筱晴影响，她原本想利用周末时间报个英语辅导班补习英语。虽然不知道多掌握一门语言有什么用，但温筱晴坚信，总比周末陪何桃闲逛要有意义得多。

"你跟桃子不一样,她脑子里装的只有一件事,就是在这座城市找个有房的男人嫁掉。"

程小雪不赞同温筱晴的观点,但也不去反驳。

程小雪通过跟何桃相处,知晓物质需要不是何桃最根本的动机与目的。何桃寻找的是一种归属感,证明自己属于某个人或是某个地方。有巢的鸟儿不会明白,但程小雪懂得何桃这只极乐鸟的心愿——

何桃不想一生漂泊。

等两人抵达东海商业中心,程小雪才知道何桃在楼上美容店预约了皮肤护理,团购有便宜的体验券。但程小雪想在附近逛逛,二人约好等何桃护理结束后电话联系,便分头行动。

程小雪走在街上,才感觉到这里与松江不同:车流拥堵,尤其是东海商业中心旁边的高架桥,几乎把阳光完全遮住。相比起来,松江要静得多。

大部分高楼同福州路上了岁数的老楼紧挨着,完全是两个年代,给人以时空重叠般的错觉。程小雪喜欢那些暴露在外的电线,喜欢居民将衣服晾晒到窗外。

她沿小路由南至北,步行到九江路,穿过人行道,再往前是步行街。

不远处的宁波路上有一排小店,理发馆里放着几把椅子,客人不多。程小雪看了看手机上的时间,不知道离何桃结束还有多久。

她突然想剪短发。

程小雪自高中毕业后,一直留着长发,常用皮筋梳起马尾,以前倒也不觉得麻烦。到服装厂工作后,她每天筋疲力尽,在公共浴室洗完澡,要排队用吹风机吹干头发。

虽然吹风机可以自带,但插座只有为数不多的几个。

如果留短发,头发可以等回宿舍后再洗,能省去不少麻烦。

程小雪如此想着，抬脚迈进店里。理发师看着程小雪留了多年的长发，边用上海话说着"可惜可惜"，边询问剪掉的头发程小雪要不要，如果不要，这次理发就不收钱了。

她搞不懂理发店拿头发来做什么，理发师说会有化工厂的人定期来收，他们会用袋子装起来留着。

几剪刀下去，程小雪的长发不见了，理发师又给她的短发做了软化。等程小雪从店里出来，何桃正好打电话过来，程小雪瞧见不远处有个新光电影院，二人约好在那儿碰头。

何桃来到指定地点，看到程小雪的短发后被惊吓到了："吓死人了！那么长的头发剪掉不心疼呀？"

"留着好麻烦。"

"我还用生姜洗发水洗头呢，巴不得头发能长快一点。"何桃叹了口气，"看看我，有没有变化？"

程小雪其实没瞧出何桃跟之前有何不同，肉眼可见的，只有眉毛修过，但她不会这么说。

"好像比之前白了些。"程小雪撒谎道。

"是吧？之前暗沉沉的。"何桃开心起来。

"不过怎么突然想起做美容了？"

程小雪拍掉衣服上沾着的碎发。

"过几天要比赛啊，我报名了！"

"唱歌比赛？"

"是啊，到时除了厂里的人，听说服装厂的合作方也会来。"

程小雪终于弄懂了何桃的想法。

天气还未转凉，服装厂已经开始安排秋装生产了，负责业务的副总经理周宏亮也已经开始筹备服装厂的招商晚会了。唱歌比赛是晚会正式举办前的预热，也算是丰富一下工厂女工的业余生活。

"现在去哪儿？回工厂吗？"程小雪问。

"要不一起看场电影吧？既然都到电影院了，这里票价也不贵。"

程小雪并不反对，即使之前与体育生谈恋爱时，他们也只一起去过网吧，电影院至今还没有去过。

她点了点头，何桃开始挑选影片。

电影放映前，她们在楼梯旁合影。窄小的楼梯台阶与墙上挂着的旧照片，让人感觉像是回到了旧时光。

如果真能回到过去，程小雪会做些什么呢？

她原本愉快的心情不见了，跟在何桃身后进入放映厅，坐在红色椅子上。程小雪突然发现，她不只对未来别无所求，就算穿越时空回到过去，她也无事可做。

放映厅的灯关了，正前方的屏幕亮起来，声音从四面八方钻进程小雪的耳朵。

原来这就是看电影。

唱歌比赛日渐临近，剪了短发的程小雪轻松了不少，回宿舍洗好头发吹干。何桃正戴着耳机练习邓丽君的《何日君再来》。

程小雪以前上学时有随身听，后来用奶奶跟陈虹阿姨过年给的红包买了MP3，下载了不少老歌。上高中时她的座位靠窗，上课时会将耳机线顺校服袖子穿过来，偷偷戴在左耳上，右耳用来警惕老师的突然提问。

时兴的歌程小雪不爱听，她只喜欢老歌。

她听李宗盛，听蔡琴，听邓丽君，少年老成。与同学之间的关系也只是疏远而客气，没人会拿她的作业去抄。同桌又是乖孩子，只知道用功读书，程小雪并没有能够一起去上厕所的亲密好友。

这种情况就算是后来她上了卫校也没有改变，每次聚会程小雪都会参加，但从来不是众人瞩目的焦点。

因为她家就在西平，所以省下了住宿费。她每天上完课按部就班去接雯雯放学，然后回铁路里陪妹妹写作业，按时就寝。周末，程小雪去学校附近的酒吧驻唱，费用按天结算，客人单点歌曲的收入算是小费，不用跟酒吧分成，每月下来能有两千多块。

程小雪没系统学习过声乐，虽然对新歌手不熟悉，但对老一辈的歌手耳熟能详。比起文化课，她在这方面更有悟性，很快研究明白了歌手的演唱技巧与声音底色。

多数时间里，程小雪唱邓丽君的歌，从《小城故事》《千言万语》《又见炊烟》到《独上西楼》……

《何日君再来》她没唱过，因为太难了。

何桃的声线其实不适合唱邓丽君的歌。邓丽君唱歌时的咬字发音点靠前，每个字的颗粒度都很饱满。她好听的歌都是慢板，柔情似水。何桃反而适合唱快歌。

担心会惹何桃不高兴，程小雪并不提，反倒是胡姐先抱怨起来：

"邓丽君唱歌哪有你这么难听，人家那声音嗲的啊，你唱歌就像在敲锣打鼓。"

"真的吗？"何桃罕见地没同胡姐争执，而是担心起来，估计是担心在台上表现不佳，会丢面子。

"跟邓丽君肯定没法比，但是也没有她说的那么差。"温筱晴将书本合上，"不过，小雪唱歌很好听啊！"

"对啊，上次去歌厅唱歌的时候，她唱的好像也是邓丽君的歌。"胡姐突然想起，"桃子，要不你别参加比赛了，让小雪去吧。"

"那怎么行？"

何桃当然不想将机会让出去，她为此下了不少功夫，怎么会轻易将站在聚光灯下的机会让给别人?

"我也是跟你们在一起才唱得出口,让我当着那么多人的面唱歌,还不如杀了我。"程小雪说。

"你可以教桃子啊,总比她一个人瞎唱进步快。"温筱晴提议道。

"对啊!"何桃重新振作起来,"小雪,你教我吧!"

"可我也没学过唱歌,而且每个人唱歌的习惯也不一样,我怕会教错。"程小雪不自信地说。

"是吗……"

"那你就帮她听听,桃子唱歌连个音准都没有,就跟拉锯一样,没法听的。"

"胡姐,哪有你说得这么夸张,你也不能总打击桃子呀!"

"不是打击她,唱歌不适合她嘛,不想她一直拎不清,我才实话实说的。"胡姐并非故意惹何桃不高兴,"比赛是要上台的,可也要能上得了台面才行啊,我不想她做勉强自己的事,也是为了她好呀!"

何桃不说话,其他人也不再吱声。

这样的僵持氛围让程小雪感到紧张,她生怕何桃接受不了,会同胡姐吵起来。可没想到,何桃只是站起身,自顾自地向宿舍外走去,很快从她的视线范围内消失。

"胡姐,你话说得是不是太重了点?"温筱晴埋怨道。

"话不重,她天天做白日梦,醒不了的呀!"

"年轻嘛,咱们年轻时也发过痴的呀!况且桃子面子薄,你说话总是嘲叽叽的,她面子哪里挂得住?现在好了,跑掉了呀!"

温筱晴跟胡姐说话喜欢带方言调子,跟程小雪说话时就又正常起来。

"小雪，去看看桃子去哪儿了，把她劝回来，要不然又该去找厂里的男人喝酒了。"

这是何桃的坏习惯，有不顺心的事就爱往外跑，醉醺醺地回来，说是跟人事处的张三或是宣传科的李四喝酒了。这些男员工，宿舍里的人平时都没见过，业务上不存在交集，自然也不认识。

谁都知道，男人灌女孩子酒，哪会有什么好心思。

4

八月份的上海，得益于好天气，宿舍楼顶天台上晾晒的床单被罩，水汽很快被蒸干。因担心晾衣绳上的衣服会被刮跑，女工们便用夹子将其固定。何桃常靠在角落吸烟。清洁女工鹃姐养了些不用刻意照料的多肉植物，又摆了几个塑料板凳，使这里成为小小的花园。

程小雪来到天台时，何桃刚将烟抽完，看样子并没有立刻下楼的打算。她靠过去，在何桃身旁坐下，却一言不发。

"其实你跟阿晴姐也是这么想的吧？只是没有说出来。"何桃轻声说着，"胡姐这个人，话说得虽然难听了点，但她没有坏心眼，我知道她是为我好。"

"嗯。"

程小雪不大会安慰人。

"其实我一直都在勉强自己，做着不适合自己或者自己根本做不好的事情。"

何桃又说，每个人的声音里都夹杂着某种味道，但那不是口气，是声音的味道。

程小雪听不大懂。何桃是矛盾的两面体，大多数人只瞧见她的鲁莽与物欲，只有极少数人能瞧见她身上的诗意，她像冰与火并存的综合体。

"你的声音里有北方的米香，能招人。我不一样，我的声音有樟脑丸味，只能用来防止自身被蛀虫叮咬。"

"桃子，有时候你说的话我听不懂。"

"不重要，我只是想跟你说，没想让你回答。"

沉默了几秒，程小雪终于忍不住了，脱口说道：

"你要唱的那首歌，听起来很简单，其实很难唱。"

何桃不答话，扭头看向涨红脸的程小雪。

"而且你的声音也不适合唱老歌，老歌的发声位置跟流行歌曲不太一样。"

"是吗？"何桃好奇起来，"我完全不知道，听起来感觉没什么区别。"

程小雪鼓足勇气，抬起头说道：

"我可以帮你练习，但不是唱邓丽君的这首歌，这首对你来说有些难。"

"那就拜托你了。"何桃笑了。

之后的日子，每天下工，洗漱完回到宿舍，程小雪便会帮何桃练习唱歌。她将之前何桃想唱的曲目换成了另外一首流行歌曲。胡姐跟温筱晴只做听众。等到比赛临近，胡姐也不再说打击何桃的话了，反而夸程小雪是好老师。

"像是走音的钢琴，让小雪这个老师调好了呀，嗲的嗲的。"

何桃一切准备就绪，可到了比赛当天，早上起床后，嗓子突然不舒服，难以发声。胡姐从宿舍药箱里找了消炎药，让何桃先吃口面包再把消炎药服下。

"烦死了，明明把歌练好了，现在嗓子又掉链子了。"

程小雪跟胡姐相处久了，知道她在替何桃鸣不平。程小雪也着急，何桃反而显得有些如释重负。

何桃哑着嗓子，想推程小雪上台参加比赛，胡姐跟温筱晴在一旁起哄。

如果是程小雪自己的事情，她一定会躲开，可比赛无论胜负，只要参加，就能以宿舍为单位获得相应奖励。

这应该是工厂怕无人参加而想出的策略。头等奖是带薪假期，对于程小雪来说假期并无用处，可对温筱晴而言就不同了。

想到这里，她虽然紧张，但最终还是同意参赛。

何桃对程小雪的装扮格外上心，毕竟印象分也很重要，总不能像平常那样随意。

程小雪任由室友将她当作洋娃娃打扮，何桃用卷发棒给程小雪的短发造型。

温筱晴跟胡姐商量，给程小雪选了件上衣，可何桃嫌太普通，从自己衣柜里找出一件白色雪纺茶歇长裙。

程小雪穿上后，温筱晴觉得她胸前显得有些空，便拿出自己的吊坠项链给她戴上。

等到了工厂为唱歌比赛与之后的晚会专门搭出的小礼堂后，程小雪手心出汗，这才开始感到紧张。

与何桃截然相反，她不喜欢暴露在大庭广众之下，只想逃离，这是她的本能反应。自小不被关注的女孩，没有被众人注目的资格，只适合窝在房间角落里，借由暖黄色的微弱灯光，静悄悄地伏案回答人生的考题。

她想退却，却害怕逃离更为引人注目，只好硬着头皮上台。

面光刺眼，台下反而显得格外黑，包括那一张又一张的人脸。

伴奏开始响起,程小雪只好闭上双眼,这样能让她缓解紧张。

深呼吸,心跳慢慢减速,直至平缓,她将话筒举到嘴边,将歌词轻轻哼出,几乎全程闭眼将歌唱完。

周宏亮坐在第一排。客观来讲,这个位置只代表身份,并非观看比赛的最佳位置。

仰视会使台上的人无论是五官还是身体比例都发生变化。

可程小雪不同。

周宏亮此刻像在抬头瞧白鸟唱歌,移不开视线。

5

服装厂下午五点准时响铃,坐了一天,大多数女工后背僵直,先伸展手臂,然后熙熙攘攘地朝工厂食堂走去。等厂区的人都走完,保安科会有两名巡视员检查,一人负责检查消防隐患,一人负责检查卫生情况,今天轮到了吴彦霖。

他虽然嗜赌,像蟑螂一样,但对那些边边角角进行检查时却缩手缩脚。他用一根撑衣杆在隐蔽角落搜寻,生怕瞧见同类。鹃姐将一些纸壳箱和塑料瓶堆放在墙角,之前巡视员提醒过她,但她每次都只是草草应付,保安科跟人事处正在研究处罚机制。

一旦说要扣工资,不安分的人立刻老实,毕竟只是一些小毛病,改起来并不难。

吴彦霖被纸壳箱里窜出的蚰蜒吓了一跳,蚰蜒的脚好多,胡乱伸着,又细又长。他毫无办法,不敢上前,只好靠墙给蚰蜒让路,瞧着那节肢动物快速向厂房外面爬去。他惊魂未定,只听见嗡嗡声,顺着声音瞧去，发现声音来自女卫生间天花板的排风口。

他一时愣神，不知道那里藏着什么。

上周末的唱歌比赛，程小雪没能拿到第一名，但拿第二名也不错，奖品实际，以奖金方式直接发放。

周五下工后，程小雪照常跟何桃一起去公共浴室洗淋浴。待程小雪换上长裙从公共浴室走出，由于她个子高，又瘦，是天生的衣架子，加上之前比赛时的亮眼表现，备受女工关注。程小雪有些不好意思，何桃在跟她聊着最近明星出轨的八卦，坏掉的嗓子也已经痊愈。

程小雪是很好的倾听者。温筱晴平时要看书、练英语听力，胡姐与何桃说不了几句就开始拌嘴，只有程小雪愿意听她讲这些八卦，并不时搭话给出回应。

何桃应该是个很寂寞的人吧！

虽然她跟程小雪性格不同，但从某种角度说，两个人又很像，程小雪知趣，从未问过何桃以前的事。

"要回宿舍了？"

突然响起的声音让她们转身，是一位穿西装的中年人，四十上下，入职那天程小雪见过。

"周经理，你还没下班啊？"何桃显然知道对方的身份。

"最近厂里要换新的产品图册，刚跟宣传科的人开完会。"周宏亮说话的时候，一直上下打量着程小雪，"比赛那天，你唱得很好，之前拍过照片吗？"

程小雪不明白周经理的意思，没能快速给出答案。

"是这样，服装厂每个季度都要给各品牌公司送一份产品图册，原本想从外面找模特，现在看来好像不用了。"周宏亮说话友善，"你的身材比例很好，五官也适合上镜，鼻子这个地方，有点像外国人。"

程小雪很少被人这样夸赞,涨红了脸,更说不出话了。

"那可不能白拍,工厂得给我们小雪加薪水。我当不了模特,但是我可以当经纪人。"何桃搭话道。

"有给模特的专门预算,按件计费,单件一百。"周宏亮直接说出报酬,"拍摄分两天,人在下午时状态会更好,上午可以给你放带薪假。"

"要拍多少件?"何桃问。

"一天差不多要拍五十多件吧。"周宏亮答道。

单件一百,五十件就是五千块。

"两天能赚到一个月的工资?"何桃惊讶道。

程小雪也感到难以置信,有了这笔钱,再加上这几个月攒下的,或许可以给奶奶买部新手机,还有家里的抽油烟机很难用,可奶奶一直不舍得换,还有电视机和洗衣机……想到这里,程小雪点头答应,与周宏亮交换了手机号码。

"明天下午以后最好别喝水,后天等你睡醒,直接去办公楼四层,那里有室内摄影棚。"周宏亮提醒道。

"需要带什么东西吗?"程小雪毫无经验。

"备几条打底裤跟背心,别的化妆师会准备。"简单交代后,周宏亮便开始拨打电话,安排起产品图册的拍摄事宜。

等周宏亮走远后,何桃之前笑容满面的脸突然耷拉下来。

"老色鬼!"

程小雪不明白她的意思,何桃看了看四周,轻声道:

"回去再说。"

说完,她拉着程小雪朝宿舍楼的方向走去。

"他之前是管业务的副总经理,最近升职了,当总经理了,不能惹的。这个人看上去老实,其实一肚子坏水。小地方来的,可现在娶的老婆是上海户口，以前在咱们厂做会计，怀孕后才离职的，家庭条件不错。"

胡姐说起话来眉飞色舞，却又极力压低声音。

"之前有个住咱们宿舍的小姑娘，说周经理想跟她处朋友，把她的衣服都给扯坏啦，第二天，那小姑娘就被厂里开除了。这狗没啃着肉，就把人给咬跑啦，反正你当心点。"

程小雪跟胡姐这段时间相处下来，知道她说话喜欢夸张。晚上跟桃子去厂里浴室洗澡，顺嘴问了两句，这件事桃子也听胡姐提过，但她进厂前，那个女工已经离职了。周经理确实对新进厂的年轻女孩格外关照，之前也常在休息时间来问桃子对新工作是否适应。何桃之前被胡姐提醒过，所以回答时，尽量公事公办。

"后来就没怎么问过我了，估计是觉得我不好下手。"何桃接着说，"总之后天拍摄的时候，你自己小心点。"

经历过之前吴彦霖的事情，程小雪对室友的劝告很上心，但产品图册的拍摄也不敢疏忽大意，毕竟牵涉到一笔奖金。

甚至劳务费还没到手，程小雪已经盘算好了用途。

她提前将选好的抽油烟机放进购物车，额外点了上门安装选项。这天晚上，程小雪梦见西平市的老房子里，油烟都被抽走了，奶奶在炖白肉。

蒜泥拌辣椒油，用白肉蘸着吃，满嘴香。

第二天醒来，程小雪肚子饿得咕咕叫，可想到明天就要拍摄，便只喝水果腹。及至下午，连水也不敢喝了，感觉嘴唇发涩时，便含上一口水，不敢咽下。就这么挺过一天，很快到了约定好的拍摄日子。

不知为何，程小雪起床时突然感到心慌，以为是昨天不曾进食的缘故，加上今天拍摄，心情紧张。她从衣柜里选了一条长裙。昨天何桃已将长款的格纹薄风衣熨烫好，借给她穿。

程小雪从宿舍楼向办公楼方向走去。经过厂房门口时,她的装扮引得女工们纷纷侧目,程小雪有点不好意思,于是加快了脚步。

之前她只到过三层,三层以上是服装厂管理人员的办公室与会议厅。影棚很容易找到,门敞开着,能听见摁快门的声音。

程小雪原本以为拍摄会从外面找摄影师,可当她来到影棚,却瞧见周宏亮在调灯光、测试相机,她立刻明白今天的摄影师就是这位亭唐服装厂的总经理。

"我来服装厂前,在运动品牌大厂做过运营。摄影是上大学时的爱好,后来做过一段时间兼职,帮广告公司拍面试照。"周宏亮同程小雪闲聊道,"放心,不会把你拍丑的。"

程小雪只是点头,她还想着之前室友对周宏亮的评价,于是按照何桃说的,摆出公事公办的样子,不做过多交流。

影棚只有周宏亮跟一名女化妆师,程小雪多少有些紧张,工作时见制衣车间的石奶奶拿着针线包走进来,不一会儿,又来了两名女员工,这才放心下来。

周宏亮将视线从数码相机上移开,抬头看向程小雪,正好与她对视。她有些紧张,周宏亮的声音很稳、很慢,有一种能安抚人心的平静。

"更衣间在那边,准备好我们就开始啦。"

先拍的是夏季服装,多是波希米亚风跟中式的亚麻长裙,这类衣服穿起来不要求腰身,销量不错。

程小雪在更衣间换衣服时,周宏亮指挥员工布置露营风的场景。

他希望照片里模特呈现出一种平静而悠闲的状态。

但这是程小雪第一次这么正式地拍照片。

在来上海时的火车上,苏雨曦曾给程小雪看过她高中毕业后在影楼拍的写真照和全家福。程小雪没有见过这样的照片,家里相册里多数是奶奶年轻时的黑白照，还有父母婚宴时抓拍下的彩色胶片照。对于合照的记忆，还停留在她十岁那年，程祚山从桥梁厂调到西平市群艺馆工作，那年元旦时的冰灯节，毛超叔叔用刚买的数码相机，在冰雕前给他们父女拍下一张照片。

之后再未有过。

再未有过，这句话已经出现过太多次。

想起过往，程小雪的身体放松下来，眼神里流露出的思考，被周宏亮快速捕捉到，等程小雪回过神来，这组照片已经拍摄完成。

"好了，换下道具，准备拍下一件。"

长裙过后，要拍摄夏装旗袍，亭唐服装厂承接各地婚纱影楼的订单，批量生产，发往全国各地，裁剪手艺不如老师傅，只求量大。

程小雪换上要求腰身与锁骨的旗袍后，多少显得有些扭捏。周宏亮让程小雪侧身，试图拍摄旗袍开衩后所呈现的身材比例。

不知跟室内温度有无关系，程小雪摆拍时身子总有些轻微发抖。

"空调开了吗？"周宏亮用沪语询问。

"开了，但风口不能对着她，会影响化妆造型。"化妆师也用沪语回应。

两人的对话，程小雪完全听不懂。

但她知道身子轻微发抖并非因为室内温度，主要同自己的心理状态有关，想到此，两只手不禁交叉在胸前。

"可以休息一下吗？"程小雪轻轻说道，"我昨天没吃饭，体力有些跟不上。"

她以此为借口，给自己一些缓冲与适应的时间。

周宏亮似乎意识到了什么，等到程小雪重新回到聚光灯下，周宏亮在拍摄时尽量不去直接指导程小雪该如何摆姿势，而用一些图片说明。为消除程小雪的戒心，周宏亮不让程小雪直视镜头，等她慢慢放松下来，能够拍出好照片时，才拍正面照。

程小雪渐入佳境，等到拍摄秋装与职场西服时，终于完全放松下来。在拍摄高领毛衣跟纯色衬衫时，石奶奶根据程小雪的身材用别针调整衬衫的松紧，外套纯色西装，能够挡住衬衫矫正过的痕迹。

拍摄顺利，程小雪换上高领毛衣，号码合适，但款式略微紧身，会显胸。

如果是平常穿，程小雪不会感到别扭，可现在站在聚光灯下，被一个中年男人用相机对着拍，难免会有些不适。

幸好有之前穿旗袍的经验，程小雪很快将自己的状态调整过来。

等拍摄结束，程小雪好奇，凑到电脑屏幕前看刚拍的照片，突然一愣，仿佛照片里的人不是自己。程小雪喜欢她照片里的样子，想着等图册印出来，给奶奶寄一本。

"好看吧？"周宏亮欣赏着自己拍出的照片问道，"回头还会稍微修一下。"

"等图册印出来，可以送我一本吗？"程小雪试探着问道。

"当然可以。"周宏亮答道，"回头劳务费财务会直接打到你的工资卡里，没问题吧？"

程小雪点了点头。

"把自己的衣服换上吧。"

更衣室中，程小雪将穿来的衣服换上，忙去查看手机。拍摄时手机被调成静音，现在屏幕上显示有十几个未接来电。

全部来自父亲程柞山。

程小雪突然生出一种不好的预感，她迅速回拨电话，父亲在电话那边声音有些沙哑。

"你奶奶走了，是意外。"

6

西平市铁路里小区的房子是当时给铁道职工的。

当时程柞山的父亲开火车运煤,分了一套两居室,两间卧室,南北通透,唯一不好的一点是在六楼,顶层。老式楼房的楼梯,台阶不宽,一圈圈绕下来,容易踩空,物业解决不了,只能加固楼梯扶手,辅助高楼层老人下楼。

李秀芬这两年出门不像以前那么勤了,一是视力不如从前,二是偶尔袭来的晕眩,会让她无法站立。

那天不知道奶奶为何要下楼,听邻居讲,奶奶穿了件很干净的棉衣,当时邻居还打趣道:

"穿得这么好看,是要去哪里啊?"

奶奶没答话,只是轻轻笑了笑,便向单元楼外走去。

陈虹阿姨说一定是邻居老糊涂了,在说胡话。说话的邻居住一楼,奶奶家在六楼,意外是在三楼到二楼半的楼梯拐角发生的,他怎么可能看到人活着走出去?

但程小雪更喜欢邻居爷爷的说法。

至少奶奶走的时候,没有哭,也不曾回头。

当时程小雪在上海打工,接到家里的电话,连夜坐飞机赶了回去,李秀芬的遗体在殡仪馆灵堂的冰棺里放着。程小雪在这里见到了奶奶,以前那张喜欢眯眼笑的脸上,这时眼睛完全合上了,嘴角再不像往常那般扬起。

假牙已被父亲取下,紧闭的嘴干瘪着,像是一扇阻隔生死的门。

程小雪记得奶奶曾经说过,人迟早会走,就像冬去春来,生和死是让这个世界能够正常运转的新陈代谢。

但程小雪宁愿这个世界停下来，也不想让奶奶走。

"不要一直看着她，心里有惦记，走的时候老人也会不踏实。"帮忙布置灵堂的男人劝告说。但程小雪耳朵里的嗡嗡声也回来了，她像个聋人，听不到外面世界的声音。

她坐在冰棺旁，双手交错放在膝盖处，像以前看落日晚霞般瞧着李秀芬那张完全不见血色的脸。

"购物车里的抽油烟机还没来得及付款，服装厂说产品图册出来需要一个月时间，他们还要修照片，还要排版。原本想等图册印出来，今年元旦回家的时候和你一起看。"

她不敢再想下去，怕自己会号啕大哭，奶奶瞧见自己哭的样子，会伤心难过。

程小雪朝灵堂外看去，殡仪馆来了很多熟悉而陌生的面孔。奶奶的去世对他们来说，只是与一块记忆碎片告别，然后继续各自的生活，并无影响。

但对程小雪而言，李秀芬的去世，让她在西平市失去了太阳，从此成为盲者，再难见到光明。

白天陈虹帮着在灵堂里外忙活着，需要糖跟烟了，便吩咐程祚山到殡仪馆大门东边的杂货店去买。程小雪想在这里陪着奶奶，可赶上周末，家人不想让雯雯来殡仪馆，他们又走不开，便只好由她带雯雯去滑冰场和商场去玩。

程小雪想起小时候奶奶常去西平公园练太极剑，旁边的湖到冬天会结很厚的冰，于是她给雯雯裹上厚衣服，拎着冰鞋和奶奶亲手做的木橇，去湖上滑了几圈。

是被风吹得迷眼了吗？程小雪不清楚，她只知道自己的眼睛一直在流泪，直到眼泪在脸颊上结了冰，程小雪突然感觉自己跟湖面融为一体了。

冻结其中，难以抽离。

遗体告别仪式结束后，很快火化。墓地选在西平市郊区的梁山县，坐父亲程祚山的面包车过去，要开上半小时。整个过程程小雪没有任何知觉，只是机械地完成别人的吩咐——跪拜，上香，烧纸。

在这人世间，奶奶已经没有留恋的人与事了，包括程小雪。

程小雪常常会想，如果世界上真有鬼魂，奶奶离世后，或许会跨越千里，到上海程小雪工作的服装厂看孙女最后一眼。瞧见程小雪拍摄时开心的样子，于是再无挂念。

奶奶家平日靠墙摆放的折叠桌上，今天少了一副碗筷。

陈虹情绪变化不大，她母亲在十几年前就过世了，当时母亲生了一场大病，在医院遭了不少罪，受了不少苦。

李秀芬的离世方式在陈虹眼中是另一种福报。

"妈妈，奶奶呢？"

雯雯八岁，对生死有了模糊的概念，但仍以为奶奶并未走远，她还会看向奶奶以前的卧室，可卧室里床单被罩跟着奶奶一起不见了。

"快点吃饭，吃完让你看一集动画片，"陈虹试图分散雯雯的注意力，"吃点菜。"

饭后，陈虹想打开电视，但无论电源插拔了几回，屏幕仍然固执地黑着，程小雪立刻解释道：

"电视坏了两年了！"

"是吗？"陈虹有些惊诧，"我怎么一点都不知道？"

"因为每次来，雯雯想看电视你总是不让。"程小雪感觉跟陈虹聊天，反而比与父亲对话轻松。

"用我的手机看吧，就是屏幕小了点。雯雯，刚才说好的，只能看一集。"

"就看一集，说到做到。"

雯雯肉嘟嘟的脸，程小雪每次见了都忍不住捏两下，她这个妹妹却从来不恼。

一家人在客厅里聊着，程祚山在厨房把抽油烟机的接油盒拆下来，费力地清洗着。程小雪从外面走入，站在门口默不作声地瞧着父亲，白头发比以前多了，背更佝偻了；又去瞧拿手机坐在沙发上看动画片的陈虹母女，感觉自己如现在站立的位置般，显得十分多余，又碍手碍脚。

"爸。"程小雪终于还是开了口。

"嗯？"

"我房间里的东西都收拾好了，你们那边房子小，雯雯现在也大了，要不然搬到这边来住吧。"程小雪沉默了几秒，"我买了火车票，回上海。"

"嗯。"

"今晚的火车，要坐二十几个小时，明天下午才能到。"

程祚山不知道该跟女儿说些什么，他不想啰唆，可像现在这样一言不发也十分奇怪。

"一会儿我送你去火车站。"

"嗯。"

父女间问答常要沉默几秒，才能得到对方的回应。

这样的交流方式，他们早已经习以为常了，明明是有血缘关系的两个人，不知为何如此疏远。

临走前，程小雪想再看奶奶的房间一眼。

如果奶奶还活着，现在的家会是什么样子呢？那台缝纫机应该还会发出嗒嗒的响声，靠窗的编织筐里会堆放着奶奶从居委会那儿取回来待补的衣服。毛衣不用去百货商场买，从立秋开始，奶奶就织毛衣，不会落下家里的任何一个人。程小雪跟陈虹都觉得织的毛衣臃肿,偷偷藏在柜子里不穿,程祚山与雯雯倒是非常喜欢。

奶奶是老烟枪,鲜少抽卷烟,多数时候手里拿着长烟杆,塞上烟叶,坐在楼下空地抽完后上楼,跨上一阶又一阶的楼梯。

程小雪听陈虹阿姨讲,奶奶在去世前的两个月,因为记忆力衰退,会问程小雪什么时候放学,清醒时又嘱咐陈虹阿姨不要跟程小雪讲,或许是怕程小雪再一次被这个家给拴住。

遗物里有奶奶今年给程小雪织的毛衣,才织到一半,程小雪准备拿回上海自己织完。

还有奶奶的那部老人机,按键很大,显得屏幕格外小。

程小雪能想象出奶奶戴着老花镜给她发信息时的样子,活生生的,借着老榆木桌上暖色台灯的光,费力按键打着字。

她将奶奶的手机揣进口袋。

这是程小雪打算从西平带走的全部物品。

7

面包车并非被故意破坏,程祚山检查轮胎,发现左后轮扎进一块玻璃,导致其爆胎。

低温天气,加上长年累月被程祚山开着,原本以为只是动力不足或是路面颠簸所致,可看现在的情况,只能把车停在原地,等待救援了。

程祚山无奈,站在路边拦下一辆出租车,帮程小雪把行李箱放到副驾驶,让她去后排坐。车门关上前,程祚山不知说些什么,只说到上海后来个电话。之前陈虹让他存到银行的挽金,程祚山离家前抽出十张,硬生生塞到程小雪手里。

"我还有钱。"

"拿着吧。"

父女间对话简短,这是程祚山为程小雪做过的为数不多的几件事之一。

很快,后排车门关好,程小雪乘出租车离开,留下程祚山与坏掉的面包车,站在雪地里。

面包车停在桥城区湖边的桥上。湖水又冻住了,程祚山记忆中除去跟夏丽芳来滑过冰,还曾带程小雪来过,用他做的木雪橇,把绳子绑在腰上,像圣诞老人的麋鹿般,拉着女儿漫无方向地胡乱滑。

那又是多久前的事情了?

拖车终于到了。

出租车驶向西平火车站,司机五十岁上下,与程祚山年纪相仿。在雪地上开车车速缓慢,他的嘴闲不住,一直同后排的程小雪说话,就算没得到回应也并不打算住嘴。

"这么晚去火车站啊……刚才看你爸对你不错,你们这帮孩子啊,现在都不喜欢在家里待着,总爱往别的地方跑,别的地方能有家好吗?……以后可得对你爸好点,这么冷的天还出门送你。"

程小雪一言不发,司机明明什么都不知道,说起话来却理直气壮,似乎洞悉她与父亲的一切。

明明什么都不懂,话偏偏这么多。

她虽然心里这样想,但那几张被她用力攥在手里的钱,似乎也在提醒程小雪,或许……她在父亲心里并非没有一席之地。

在程小雪的记忆里,父亲木讷,寡言,不会发火,似乎对这人世间发生的所有事都能逆来顺受。

这样的父亲软弱,没有棱角,他似乎刻意保持着这样的形象。

程小雪听奶奶提过,父亲小时候浑,不像现在这样踏实本分。当初夏丽芳跟程祚山在一起,也是因为程祚山除了在桥梁厂工作,在西平市还有些江湖名气,谁知道结婚以后,有了孩子,程祚山的锋芒突然钝了,见谁都低头哈腰,变得"懂事"起来。

是否还有别的原因,程小雪不清楚,也没问过父亲。

奶奶对程祚山加以包装,是一种维护。

程小雪也想要这样的母亲,但她与母亲在奶奶葬礼前已许久不曾见面了,那张母亲在灵堂前给她的名片,也忘记放到哪里了。

车窗外的雪不愿停下般降临世间,它们迫切地渴望温暖,却不知道它们会融化,会消解,此生注定与温暖无缘。

下雪的日子,会让程小雪想起自己的名字,她并非出生在冬季,家人却给取了这样冷的名字。

她在心里盘算过,如果改名,命运会不会有所不同?后来发现,问题出在姓上,不落雪的话,便会落雨、落冰雹或是落晚星,而姓,她无力改变。

就像她无法选择父母一样,姓是人生的默认选项。

现在看似完整的程小雪,内心早已千疮百孔,对生活与生命都有着一种不可言说的消极。

程小雪必须离开,离开这个家,离开西平,否则她会窒息,会死去。

西平火车站到了。

她拎着行李箱头也不回地向那辆即将奔赴上海的列车走去。

8

程祚山叫拖车将面包车送去维修厂，人家说需要更换大件，不然年检时有可能被报废处理。他只让维修厂先换轮胎，报废的事等年检时再说。

夜里回到家，程祚山将钱和车的事情都跟陈虹简单说了，原本以为妻子会发脾气，没想到自己却遭到陈虹埋怨。

"小雪一个人在那么远的地方生活，怎么不多给点啊？万一出点什么事也能应个急。"

陈虹的话让程祚山始料未及，她的心情似乎并未受到李秀芬去世的影响，反而有种过度劳累后突然得以休息的愉悦。

程祚山帮她揉着后腰，有些话陈虹一直想跟程祚山聊聊。

"咱妈那套房子，明天等雯雯上学后咱俩过去一趟，把房本找出来，去房产局把过户的事给办了。那边离雯雯学校近，到时收拾一下咱们就搬过去。"

"这套房子呢？"程祚山有些抵触，母亲头七刚过，陈虹已经把房子过户的事情安排好了，"我还要上班，群艺馆那边的工作还没忙完。"

"这套房子租出去啊，就算房租不高，跟你的工资也没差多少。"陈虹继续盘算着，"卖出去也好，这样咱们手上也能富裕点。但小雪不一定会在上海漂一辈子，哪天想回来，这个房子也可以留给她住。所以还是先租出去，看看情况再说。"

虽然程祚山现在不愿讨论这件事，但陈虹能考虑到程小雪的归宿，这让他心情稍稍平复。

"等咱妈百天后再说吧。"

"活着的人更重要吧？"陈虹整理着餐桌上雯雯的画本，"妈以前对我有意见，我知道她其实一直想让你跟夏丽芳复婚，因为那样对小雪才公平。但是雯雯出生后就不一样了，你也知道，咱妈多疼小雪就多疼雯雯，什么事都替这两个孙女考虑。房子的事早晚都要办，没必要等咱妈过了百天，不替咱们着想也该为孩子们想想，妈也希望小雪跟雯雯好吧？"

程祚山无法反驳，他生前未能尽孝，反而在母亲走后突然成了孝子。

应该是怕别人在背后说闲话吧？怕别人说他不孝，而并非自己心存芥蒂。他突然将自己看得一清二楚，这让他不免有些自卑。

"把垃圾扔下去吧，放一晚上该有味了。"

说完，陈虹抱着脏衣服走进洗手间，程祚山拎起地上的垃圾袋向门外走去。袋子里散发出的鱼腥味，搅动着他不安分的胃。

垃圾袋漏着水。

程祚山瞧向滴落在电梯间地板上的水珠，想起小时候，母亲在厨房刮鱼鳞，他坐在小木板凳上帮着削土豆。

"妈，你也太用力了吧？这么刮它，小鱼会很疼的。"

"原本就是要炖来吃的。"

"你看，它好像在哭哎！"

"傻孩子，鱼没有泪腺，是不会流眼泪的。"

母亲是从什么时候开始不再吃荤腥的？应该是在父亲死后。

那个人的样子程祚山有时会在夜里梦到，脸圆圆的，喜欢笑，说话时声音很大，爱捏小时候程祚山的脸。滑冰也是父亲教的，还送给他一辆自行车。

程祚山父亲的死突然而意外，那件事发生在程祚山同夏丽芳结婚后不久。

之前西平市有俄罗斯侨民按东正教教规给人洗礼，后逐渐演变成冬泳的习俗。有冬泳爱好的父亲是游泳好手，却溺亡在凛冬，被人打捞上来时，嘴里恰好塞着一条鱼。

叮的一声响，电梯门开了。

程祚山拎着垃圾袋从电梯里走出，他眼眶红着。

父亲早已过世，从今往后，他也不再拥有母亲。

今年冬天我是第一次穿皮袄。晚上坐在火盆边,那火,也只是灰掩着的一点红;实在冷,冷得瘪瘪缩缩,万念俱息。手插在大襟里,摸着里面柔滑的皮,自己觉得像只狗。偶尔碰到鼻尖,也是冰凉凉的,像狗。

——张爱玲《流言》

第四章
是非的言语

1

陈虹和雯雯原本打算等程祚山从上海回来再安排搬家的事，可单面楼突然停电，将行李箱装满生活用品后，两人连夜搬到了铁路里的房子里。

还有些油漆味，打开客厅窗户屋里会凉，幸好程小雪房间原封未动，除了更换了上下床。这里成了陈虹唯一能够放心让雯雯睡觉的房间。

屋里刚刚清理出一些垃圾，陈虹拎着垃圾袋从楼梯上走下，偶尔也会恍惚，仿佛瞧见去世的李秀芬在前面带路。

她跟程祚山相识于医院病房，李秀芬当时在住院，程祚山忙于工作，还要带小雪，不能分身，只好找护工帮忙照顾住院的母亲。陈虹做事细致，很讨李秀芬喜欢。后来李秀芬出了院，家里需要人做一日三餐，他们便征询了陈虹的意见，请她做住家看护。

她学历不高，又不是本地户口，相处了几个月，已经记住程祚山爱吃的饭菜，偶尔还会给小雪买饼干。

当程祚山意识到陈虹对于这个家已经变得不可或缺时，终于提出交往请求，陈虹对这个家也有好感，二人最终走到一起。只是结婚后,李秀芬对她的态度却不再像以前,她不知道自己什么地方做错了,也许当时李秀芬仍有让儿子同前妻复婚的打算。

她的出现,破坏了李秀芬的计划。

手机铃声响起。

程祚山将电话打过来,说明前因后果,也将自己住的招待所地址发给了陈虹。

"这么好的酒店,让你免费住,我看是那个周经理心里有鬼。"

"人看上去还不错,说话也蛮斯文的。"程祚山回答。

"当初就不该让你去上海,看谁都像好人,早知道我去好了。"

"雯雯离不开你,要不然我也打算让你来,要是妈还在……"程祚山不再说下去,不管是这些年看管雯雯,还是之前照顾小雪,都是母亲李秀芬。

母亲离世前身体不好,中午跟晚上又要给雯雯做饭,程祚山为人子为人父,无论是作为儿子的孝道还是作为父亲的责任,似乎一点也没尽到。

"要不去派出所报案吧?"陈虹越想心里越慌,"别真出什么事。"

"也可能是小雪不想见人,先不要把事情想得太糟。"

"你的心咋就这么大呢?女儿找不到了,也不知道着急啊?"陈虹怒道。

程祚山怎么可能不着急?之前的话原本是为了安抚妻子,不想被她曲解,他心里突然感到委屈:"我怎么可能不着急?"

"服装厂的监控看过了吗?"

"泼油漆的地方在女卫生间,那里没有监控,但是厂房里的监控拍到了小雪拎着油漆桶往卫生间里走。"

"她往卫生间泼油漆干吗?"陈虹思考着,"咱妈家的老房子重新刷油漆,是因为之前的墙面太旧了,可小雪为什么要那么做呢?"

"卫生间的隔板上，好像刻着什么东西，我只看清几个数字，跟小雪的生日相同。"

"隔板？"陈虹很快想到她常在公共卫生间里看到的小广告，"但小雪的生日为什么会被刻在上面？"

"我也不清楚，有可能上面写的不是生日，而是电话号码。小雪在上海办的电话卡，尾号跟生日一样。"程祚山想起另一个女儿，"雯雯呢？"

"睡觉了，咱家停电了，我把雯雯带到铁路里的房子来了。"

"咱妈走还不到百天。"程祚山迷信老辈的传言，"雯雯那么小，会不会沾上不干净的东西？"

"都什么年代了，你还信这些？"陈虹觉得有些好笑，"总不能让我花钱带她去住宾馆吧？你呀，现在别琢磨这些了，抓紧把小雪找着，雯雯睡觉前还问来着。"

"知道了。"

招待所房间有免费供客人饮用的茶包，上面写的是英文，但通过包装，大概能够猜出红茶与绿茶。程祚山将热水烧开，泡了一杯红茶喝。

红茶味道跟他以前喝过的不同，看着浸泡茶包的水变成深红色，程祚山又一次想起被泼了红油漆的卫生间。

真像是杀人现场啊。

这么胡思乱想着，程祚山似乎瞧见卫生间横着一具尸体，他将身子翻过来，是女儿程小雪。

他用力在自己脸上扇了一嘴巴子，不能再这么坐以待毙了。

又不是人变活人的戏法，一个人不会平白无故地消失。可是现在没有调查方向，或许可以联络帮他安排酒店的周宏亮，或是请求工厂保安科，查看一下程小雪离职时的监控画面。

手机上陌生号码发来信息：

我知道你女儿发生了什么。

程祚山忙将电话拨过去，却被挂掉，随即收到另一条短信：

五千块，现金，到枫泾村路找我。

如果是诈骗信息，对方不会知道自己在找女儿，更不会要求他带着现金去指定地点见面。

这个人程祚山之前一定在服装厂见过。

是人事处白了头发的刘文栋，还是保安科那个有些壮硕的科长叶勇军，又或是安排自己入住招待所的周经理……程祚山不想再猜下去，总之一会儿见了面就能知道对方的身份，只是他现在手里没有五千块的现金。平时工资卡都放在陈虹那里，他知道家里是有存款的，但是存了多少，陈虹从来不跟他说。

这次出门，程祚山跟妻子要了两千块，除去路费，现在还剩下四百多，幸好住招待所的费用由周宏亮代付了，否则他现在已经身无分文了。

之前没打算在上海久留，以为来到这里很快便能联系上女儿，然后可以赶凌晨的火车返回西平。

但现在看来，短时间内怕是没办法回去了。

程祚山联系陈虹让她转钱，陈虹那边却支支吾吾，认为可能是诈骗短信。

"你在那里还要待几天？我上哪儿找这么多钱给你转啊？"陈虹不免有些埋怨。

"家里不是还有点存款吗？"

"大额的都在银行存定期了，小额的就三千多块，当生活费用的，给你转过去，我跟雯雯这一阵子还活不活了？"

"那就把存定期的钱先取出来一部分。"

"我把钱存在西平市商业银行了，利率高，但存定期的钱不能分着取。"陈虹帮程祚山出主意，"要不你先跟毛超那边借一点周转一下？"

程祚山无奈，挂断电话后给毛超拨了过去，了解了大体情况，毛超说只能借给程祚山两千块，离程祚山需要的数额还差一大截。

谢绝毛超的好意后，程祚山决定再想别的办法。

其实在拨通陈虹的电话前，程祚山最先想到的是前妻夏丽芳，他要借的钱对夏丽芳来说不过是九牛一毛，又是为了找女儿才跟她开口的，也不算丢人。原本打算直接打电话，犹豫再三，担心对方不接，只好编辑短信说明前因后果，给夏丽芳发了过去。

等待回信的过程很漫长，程祚山坐立难安，一直抖腿，缓解焦虑。

终于，电话铃声响起，夏丽芳那边没说多余的话，只问了程祚山的银行卡号。

"我现在转给你，一会儿你去见那个人，有些事我得提前嘱咐你一下。"夏丽芳给程祚山交代了一些话，应该是不放心他做事，所以嘱咐得很细致，要他一定遵从。

电话挂断前，她让程祚山找到程小雪后第一时间给她回信息。

"钱我以后会还你的。"

"没指望你还，人是你弄丢的，你负责把人给我找回来。"

夏丽芳那边挂断电话，此刻她站在饭店包厢门外，用手机快速将钱转到了程祚山的账户上。

她原本打算按程祚山的请求转六千，考虑再三，将原有数字删除，改成八千转了过去。

推门回到她身处的饭局，夏丽芳游刃有余，为自己刚才临时缺席赔罪，干掉了半杯白酒。恍惚间失神，突然想起以前，程祚山喝醉回家倒头便睡，女儿常常问她，为什么父亲喜欢喝酒却不喜欢陪自己玩。夏丽芳不知如何回答，她厌恶程祚山身上散发出的酒味。可时至今日，她自己也变成了酒鬼。

她在推杯换盏的应酬中消磨生命，却又不以为然地以所谓的"圈子文化"为借口，来掩盖现实生活里的千疮百孔。

如果女儿闻到自己身上的酒气，怕是会对她厌烦至极吧？

干杯！

敬自己家庭生活的鸡零狗碎。

干杯！

敬自己身为母亲的敷衍了事。

干杯！

敬这衣冠楚楚的聒噪和这假模假式的快乐。

干杯……在这看似快活却又永无止境的空虚中，她们没有归宿，只能沉沦。

2

上海市，枫泾村路。

枫泾村不在松江区，在青浦，离枫泾村不远有福寿园陵园，吴彦霖去过几次，父母都葬在那边。父亲以前在枫泾村的纸箱厂工作，专门做纸壳包装箱,但那已经是二十多年前的事情了。

吴彦霖小时候,母亲常做芡实糕。她喜欢用红豆沙跟枣泥做,先将它们在碗里搅拌到一起,放冷水上锅蒸,之后取出放凉备用,再去筛白糕粉。等芡实糕做好,母亲喜欢在上面撒巧克力粉。

父亲常说母亲做中式糕点偏要用西式佐料,母亲总是笑着不说话。

父亲是吃不了芡实糕的,他患有糖尿病,吃不了太甜的东西。

枫阳小区的清水泾,河道之前的情况跟它的名字正相反,经常有人向里面扔垃圾、排放污水,终日散发着某种恶臭。后来政府出手治理,河道才有了现在的清水。吴彦霖有时会想,他跟这条河道有着相同的命运。

如果有人帮他一把,或许他也会有重生的机会。

只可惜吴彦霖现在恶臭难当,遇见的大部分人对他只有敬而远之,甚至落井下石。程小雪不同,她曾劝过自己,如果那时他听了,或许他跟程小雪都会有一个新的人生。

而不是像现在这样,两个人都活得支离破碎。

他茫然无措地沿着城市街道一路走着,肚子开始咕咕叫起来。不远处,有营业的路边烧烤摊,肉香味让吴彦霖下意识地向临时搭建的棚屋走去。透过棚子的塑料布朝外看,能瞧见公交车站牌。

这个时间公交车还未停运,程祚山在王仙村路枫泾村站下车,他先在附近找到提款机,取出五千元钱揣进随身背着的帆布包里。这里位置偏僻,程祚山担心有人抢劫,稍作斟酌,又折返回去,确定取款机的玻璃门已经上好锁,又将刚取出的现金重新存回银行卡里。

不管怎样,要先确定发短信的人是合真的掌握女儿的下落。

没等钱存完,手机便来了短信:

取完钱后过马路，来绿色棚子里，你见过我。

对方明显认识程祚山，而且就在附近。

按照短信内容指示，程祚山穿过马路，掀开了路边摊帐篷的帘子，瞧见了坐在角落的吴彦霖。

吴彦霖已经点好一桌烧烤，正大口吃着，像是多日不曾进食，脸上多了几道刮伤，有些瘀青像是磕碰造成的。

程祚山走到吴彦霖对面坐了下来。

"是你发的信息？"

"喝酒吗？事先声明，今天这顿饭钱，得你来买单。"

3

陈池苑小区是二十世纪建成的老小区，虽然外立墙面去年修缮过，但小区外的破损道路和狭窄巷道仍让这里不便通行。

除了常住老人，大部分房屋出租给了外来务工人员。小区里的一个单元楼，有人正从窗户里朝外看，就算隔着玻璃也能瞧见里面烟雾缭绕。

有快递车、从外面买菜回来的老人、给隔壁单元搬运家具的搬家公司的车进进出出，今天应该也不会出什么岔子。

戴方框眼镜的中年男人苏泽河眼神狡黠，靠在角落，一直盯着坐在客厅打牌的吴彦霖。吴彦霖今天手气不错，本金翻倍，如果这个时候收手，能还清在这里欠下的全部债务。

苏泽河猜想他不会就此作罢，因为这次打牌的本金应该也是吴彦霖从别人那里死皮赖脸借来的。

这把牌对吴彦霖来说很重要，本金再翻一倍，自己就能还掉全部债务，还可以快活地找个浴室潇洒一下。

牌面对他越来越有利，同样的花色，又按顺序排列，这局应该没有大过同花顺的牌。

就在吴彦霖将牌用力甩到桌上时，屋门突然被人撬开，辖区派出所接到举报的民警鱼贯而入，没等吴彦霖反应过来，同桌的赌客已经伸手去揽桌上的赌资，整个屋里乱成一团。

眼瞅着赌客和苏泽河被民警控制，吴彦霖不知道哪里来的勇气，冲向窗户，从没有安装防盗网的三楼一跃而下，踩着二楼的防盗网又滑到一楼，很快落到地面上。

顾不上民警的警告，吴彦霖一路向远处跑去。

真他妈倒霉！

终于逃到无人追逐的角落，吴彦霖突然有些干呕，胃里空空，扶墙吐了些酸水，感到筋疲力尽。

外套口袋里装的只有打火机，烟早抽没了，摸遍全身也只有两张一元的纸币。

他怎么变成现在这样的，就连吴彦霖自己也说不清楚。

以前他靠社会关系在松江与人合伙开电玩城。吴彦霖负责看店，无聊时也会玩捞鱼机跟森林舞会，还有打三门、狮子全包、单钓、均打。

因为店是吴彦霖在管，他自己输了不算，赢了就把电玩城的钱揣进腰包，东窗事发，差点被合伙人打断了腿。他投资的本金无法拿回，加上朋友对其行径进行大肆宣传，他的名声很快坏起来。从那天起，不愿老实工作的吴彦霖成了赌鬼，原先父母在枫泾村留下的那套房子，拆迁时分到几百万，也全被他扔到了赌博机里。

吴彦霖那时在电玩城认识了苏泽河，偶尔一起吃饭。他眼瞧着苏泽河换车，换表，换女人，终于还是没忍住，开始打听对方挣钱的门道。

"往电玩城的机器里面装东西，保证不赔，只要你胆子够大，一本万利。"苏泽河低声讲道。

真傻啊！

吴彦霖想到当时自己上了苏泽河的套。

苏泽河跟电玩城的老板是一伙的，让赌客以身犯险安装那种小零件，机器吐个几万块，电玩城立刻有人过来把赢钱的玩家扣下来，迫使他签下跟卖身契没什么两样的赔偿协议，然后像还贷款一样每月偿还本金与利息。

他们料定烂赌鬼不敢报警，只会委曲求全，苟延残喘。

亭唐服装厂的工作就是苏泽河帮吴彦霖找的。

服装厂按月发的工资，吴彦霖一半拿来讨生活，另一半用来还赌债。

今天玩牌的钱是他跟保安科科长借的，刚才牌桌上明明已经赢了，钱却没进口袋，幸亏运气好，没被抓进去。

可是欠科长的钱要还，到发工资前吴彦霖自己的日子也要过。

他突然想起今天来服装厂的那个男人——

程柞山。

4

程柞山又叫了几瓶啤酒，但没要冰的。近两年他膝盖越发疼痛，去医院检查，大夫说是风湿性关节炎，让平时多喝热水，注意保暖。

这个年纪的人，受不了寒凉与湿潮的苦，有时疼起来，程祚山恨不得把身子放到火上烤，无数次幻想用这样的方式，把体内的湿气蒸发出来。

他下意识地用手掌揉搓疼痛的膝盖，被吴彦霖瞧见。

"我爸以前关节疼，喝黄酒，热着喝，能祛湿。"

"没尝过。活到这把年纪，以前最远也没出过省，上海太远了。"

"跟你差不多，我也没离开过上海。"

"西平那种小城市，怎么能跟这里比？这里到处都是高楼，人这么多，东西又这么全，我以前都没见过。之前不懂，现在好像明白小雪为什么想留在这里了。"

"为什么？"

"这里很热闹，她安静惯了，或许想换个环境生活吧。"

程祚山同吴彦霖聊着家常，他不想让自己显得过于焦急，这样容易陷入被动。

这是夏丽芳嘱咐他的其中一件事。

"南方冬天湿气重，很多人适应不了。当时小雪第一天来厂里上班，我陪她去买了电热毯。小雪说北方冬天有暖气，像火炉一样，把屋里烤得干干的。"

"你知道她去哪儿了？"

"钱带来了吗？"

"先告诉我，你到底知道什么？"程祚山毫不示弱道。

两人一时之间僵持不下，夏丽芳之前跟程祚山通话时讲过，不用示弱，对方需要钱，所以程祚山掌握着主动权。

如果对方不肯告知，证明他什么都不知道，程祚山只需一走了之。

"好，我先告诉你，但是只能先说一半。"

吴彦霖给杯子里倒满啤酒，一饮而尽。

"人具体去哪儿了，我也不知道，但今天厂里那帮人有事瞒着你。你女儿身上发生了什么，我可以告诉你。"吴彦霖加重了语气，"你白天不是见过周宏亮吗？这件事有他在上面压着，我不说，你从别人那儿也问不出来。"

"我怎么知道你骗没骗我？"程祚山警觉道。

"所以我才让你带着现金来，你知道我叫什么，也知道我在哪儿工作，从你住的招待所过条街就能找到我。我要是真想骗你，不用跟你见面。"

程祚山将信将疑，吴彦霖瞧出他的疑虑，从钱包里拿出自己的身份证，推向对面。

"不信的话，我可以把身份证放在你这儿做抵押。"

"跟我去取钱吧！"

程祚山带吴彦霖来到取钱的提款机处，吴彦霖等在外面，程祚山输入银行卡密码，很快将钱重新取出来。他将现金递给吴彦霖，吴彦霖简单点了一下，立刻揣进外套的内口袋。

"现在可以说了吧？"程祚山急于知道答案。

吴彦霖将嘴里叼着的烟扔到地上踩灭，说："跟我走吧。"

"去哪儿？"

"网吧，离这里不远就有一家。"

网吧在一条小巷里，有一个霓虹灯指示牌，帮人在夜晚分辨方向。整个房间面积不大，有几十台电脑分成几排在桌上摆着。不知道是不是为了营造包宿的氛围，电灯全部关着，只有一台又一台的电脑亮着屏，能听见快速敲击键盘跟鼠标的声音，机箱风扇发出持久而又乏力的转动声。

电脑前有几个人将脚跷在电脑桌上已经睡着，墙上贴有"禁止吸烟"的警示牌，但形同虚设，仍有人一次又一次地点燃香烟，地面上到处散落着烟头。

吴彦霖做完登记，在角落位置找到一台无人使用的电脑，在电脑前坐了下来。

程祚山瞥了一眼旁边的机器，屏幕上贴有"正在维修"的字条，键盘应该不曾被仔细擦拭过，能瞧见每个按键反射出的油光。

"服装厂的论坛一个手机号只能注册一个用户名。"吴彦霖并不顾忌，将账号跟密码全部告诉了程祚山，"五千块，就当是你买我账号的钱，剩下的你自己看吧。"

吴彦霖点开论坛里比较热的一个帖子，最先映入程祚山眼帘的，是几张照片。

照片里的程小雪似乎刚刚遭受了某种欺凌，她的衣服被扯破，接下来出现的另一张照片，程祚山瞧见了周宏亮。

周宏亮脱下外套，正向程小雪身上披去。

随即看到论坛下面的评论：

"在工厂就一直看她不顺眼，脸明显动过吧？正常人的鼻梁不会这么高吧？而且还勾引有妇之夫……真是不要脸！"

"仅凭撒谎成性和恬不知耻这两点，就知道这不是个普通的小女孩。"

"听说她还拍了厂里的广告，摄影师就是周某某，典型的小妖精一枚。"

"周某某的老婆不是怀孕了吗？他又憋不住出来祸害人了！"

"烧鸡！"

"包夜多少？我愿意出半个月的工资。"

"照片里这演的是哪一出啊？谁来给解释解释？"

"明显是玩脱了啊，把烧鸡弄疼了，然后开始哄。"

……

后面的话越来越脏，程祚山急忙将论坛网页关闭。

他的心情难以平复，可想而知，女儿看到这些留言时的心情，只会比自己现在更加难过。

几秒钟后，程祚山艰难地问道：

"难道……没有人帮她说话吗？"

"有，我帮小雪在留言板上辩解过几句。"吴彦霖叹了口气，"可是我赌博的事厂里人都知道，我帮她说话，反而越描越黑，他们连我也一起给骂了。"

"骂什么了？"程祚山想知道。

"蛇鼠一窝，一个烂赌鬼……"

"还有呢？"

"一辆公交车。"

程祚山腾地从座位上站起来，双手扶着面前的电脑桌，深吸了几口气，快步朝洗手间方向走去。吴彦霖原本打算跟上去，但想了想，他答应过的事情已经完成，后面的事也不必多加干涉。

他转身向网吧外跑去，附近有个电玩城，或许今晚能用程祚山刚给他的本金挣上一笔。

网吧的男士洗手间里，有一面长方形镜子，从里面可以看到程祚山现在的样子：刚刚洗过脸，头发也被水冲湿，眼窝深陷，像两个看不到底的黑窟窿。

身后有人经过，瞧见程祚山的样子有些不放心，关心道：

"兄弟，没事儿吧？"

程祚山不答话，只是轻轻摇了摇头。

"你这样非得把自己弄着凉了。困了就别包宿了，后面就是大众浴室，去那儿泡个澡，再捏捏脚，好好睡一觉多好。"

陌生男子将裤子褪下，很快响起哗哗的流水声。等他把膀胱里的水排完，扭头再看向洗手池时，程祚山已经不在那里了。

程祚山此刻又坐回了刚才的电脑桌前。

即使不愿意，他也要将论坛上的留言全部看完。

或许里面会有关于程小雪下落的线索。

他现在如同一条老豺狗，蓄势待发，准备将这些网络暴民的嘴逐一撕碎。

照片里出现的周宏亮，这件事，究竟同他有什么关联？

程祚山准备将真相全部查清楚。

让事实呈现在大庭广众之下。

5

在上海，即使是松江，一套三室两厅的房子也并不便宜。

周宏亮的家在九亭一处高档小区里，建筑面积一百三十三平方米，有两个卫生间，当时为结婚全款购房，由女方家出资。他在上海读的大学，本科学的是绘画，但毕业之后就业方向狭窄。他生得不算好看，有同学喜欢拿他的样子打趣，说周宏亮有一张抽象画似的脸，或许以后可以做行为艺术家。

周宏亮家境普通，靠家人跟亲戚借钱交了大学学费，他当不起艺术家，也行为艺术不起来。

求学中途，他为了学费与保研，应征入伍，退伍后重返校园，成绩优异。后来攻读了服装设计专业的研究生。原本在市区的一家运动品牌大厂做运营，因与亭唐服装厂有业务往来，才与现在的妻子陈莉相识。

陈莉是本地人，亭唐服装厂有她父亲的股份，但这些事周宏亮在结婚前并不清楚。两个人在合作中互相欣赏，陈莉对周宏亮产生好感在先。性格老实的男人在感情上似乎总是显得迟钝，反倒是不老实的男人善于捕捉女方的态度变化，加以利用，胡作非为。

无论是表白，还是安排约会的餐厅，都是陈莉主动。

周宏亮不大会说腻人的话，生活可谓单调乏味，是典型的直线型思维，工作上的事情秉持公事公办的原则，业务能力出众，在公司却不太有好人缘。

背后常有人说他木讷且不近人情，冷冰冰的。但陈莉知道，这个在上海没有根基的年轻人只是想把事情做好，他并非不懂人情世故，只是不想那么做。这是一种书生气，是周宏亮内心高傲的潜意识表现。

很少有人能够读懂他身上与才华并存的朴实。

陈莉的父亲很有远见，瞧出周宏亮有上进心。陈父反而不喜欢家境优越的男孩子，他们身上常有过重的孩子气，虽说学历高，谈吐也得体，但缺少在泥沼里摸爬滚打的历练，在父母保护下成长，无法承担起一个家庭的责任。

当然，这只是陈父一厢情愿的想法。

周宏亮同陈莉结婚后，很快便从运动品牌大厂辞职。陈父在亭唐服装厂给女婿找了份管理岗的工作，从部门经理做起，主要抓生产与销售，后来升任为总经理，无论是工厂业绩还是财务报表都做得很漂亮。

二十多岁的周宏亮不算好看，如今快四十了，脸上反而有了棱角，五官耐看起来，多了人生阅历与生活智慧，家庭聚会时不像从前那般少言寡语，会客气地说些无关紧要的话。

只是生活也有变化。

他对服装厂异地来的年轻女工格外关注，起初以为自己是人到中年，加上在外应酬多，沾染上了不好的习性。后来发现那种生理性的冲动从未出现过，仿佛只是男孩找到了爱好，跟画画、打篮球这样的爱好没有什么不同。他喜欢瞧好看的年轻女孩，看她们穿漂亮的衣服。

这是职业病的另一种表现。

时光终会流逝，周宏亮认为，只有用相机记录当下，才能将终会被生活消耗掉的年华永久留存。

可他对于拿相机对着年轻女孩拍照一事，有心理障碍，不想被当成偷卖街拍照片或心存邪念的那种人。有段时间，周宏亮饱受这种思想的折磨，终于有一天忍不住，悉数告诉了妻子陈莉。

这是一种奇怪的现象，周宏亮对"远观"有独特的兴趣，但从未有过身体或精神上的出轨，在他的脑海里也从未出现过与那些年轻女孩做爱的想法。

陈莉起初很震惊，认为丈夫的爱好有些变态，只好陪他一起去医院精神科接受检查，检查结果却让妻子很意外。

"有可能是晕轮效应，通常患者在人际知觉中形成一种以点代面或以偏概全的主观印象。当一个人的某种品质给人留下特别好的印象时，人们也会对这个人的其他品质给予较好的评价。"

心理医生喜欢先用专业术语诊断，然后进入主题。

"平时有什么爱好吗？"

"拍照。"周宏亮担心说得不够充分，"拍好看的女孩子，我不知道这算是爱好，还是怪癖。"

"那就解释得通了。"

"需要服用什么药物吗?"陈莉问道。

"你爱人一直从事服装行业,对服装搭配会过分关注。其实女人也一样,而且比男人更加在意漂亮女生的着装。"心理医生说话很坦诚,也很直率,"我相信,如果给你做晕轮效应测试,也会得到与你老公相同的结果。"

在某种认知下,爱美之心,人皆有之,这其实更像是一种生理本能。

"喜欢美的事物或者人,你认为这不正常吗?"心理医生询问陈莉的想法。

"只是他突然跟我说这些,让我有些不安。"

"但是从心理学角度看,他愿意跟你沟通自己的感受,是夫妻生活和谐的表现,他对你很坦诚,愿意说实话。应该没有男人会不喜欢漂亮的女孩子吧?我也不例外啊,只不过大多数男人不说或是不承认,但不代表他们没有动过歪心思,其实这种情况更危险。"

心理医生照常询问了一些关于夫妻生活频率与质量的问题,但陈莉不知为何,对这件事耿耿于怀。

后来她听取了心理医生的建议,夫妻间推心置腹地交谈,再到后来索性发展成两人一起看时尚杂志和视频直播,偶尔还会共同观看内衣时装秀。

陈莉暗中观察丈夫看靓丽女生时的表情,周宏亮流露出的神情像是小孩子刚刚拼好乐高积木,又或是在沙滩上捡到一枚完整的贝壳,充满纯真的喜悦。

"原来还可以这么搭,但是不会把上身拉长吗?外国人有外国人的身材比例,同样的搭配放在亚洲人身上应该行不通吧?"

周宏亮有时会兴致勃勃地同妻子讨论。

虽然已经能接受了,但陈莉还是希望有一天丈夫可以改变,能不在自己面前夸赞别的女人漂亮。

周末一家人外出,周宏亮会帮妻子搭配出门要穿的衣服,他放在家里的单反相机也只有这时才能发挥作用。晚上等女儿睡熟后,他会修图,调整照片的构图与色彩,然后用家里的设备彩印出来,标注好拍摄日期,小心翼翼地放入相册。

这是只有陈莉才会有的特权,于是她的不满日益减少,毕竟那些漂亮女孩只会出现在视频与画报里。

直到有一天,丈夫突然在自己枕边冒出一句话:

"服装厂最近来了名新员工,穿衣品位不错,五官也好看,不知道上镜的话会是什么样子。"

当陈莉听到这句话时,突然吓坏了。

那些视频和画报里的女孩走出来,就在自己丈夫单位工作,近在眼前。

第二天,她借口有保险合同需要周宏亮签字,来到服装厂丈夫的办公室,离开前假装要上卫生间,借机进入制衣车间。陈莉在车间悄悄环顾,目光最终落在戴着工帽的程小雪脸上。

那是一张与画报模特极其相似的脸。

有光在程小雪的瞳孔里打洞。

心理医生的话没错,陈莉盯着程小雪那张脸,似乎也要陷入她眼里的光中。程小雪有所察觉,扭头与不远处的陌生人对视,露出礼貌性的笑容,之后继续专注于工作。

触礁。

这是陈莉心里突然冒出来的词语。

她的婚姻如一艘远洋的航船,或将触礁搁浅,陈莉只能袖手旁观,等待灾祸发生。

6

清晨，当程祚山拖着疲惫的身子从网吧走出，又习惯性地去拨女儿的手机号，关机的提示音他不知道听过多少次了。

机械的女声礼貌而又冷漠。

现在有了同程小雪失踪有关的线索，程祚山想起昨天陈虹劝他去派出所报案的事。

方松派出所在西林北路，建筑物主体是框架结构，看办公楼的外观，应该在近两年装修过。办事大厅里，派出所民警白青青正在键盘上录入信息，逐项填写《失踪人员信息登记表》，程祚山刚才已将前因后果讲述完毕。

"你女儿的户籍不在我们辖区，我刚才已经将失踪人员信息移送到她的户籍所在地，我们这边也会协助寻找。"

白青青岁数不大，看肩章应该不是实习警员，虽然是女警，但整个人透露出一种干练。

"谢谢。"

"你认为女儿的失踪同她被网暴有关？"白青青仔细询问。

"我想不出别的原因会让她突然关掉手机，也不跟家人联系。"

"她平时跟家人联系多吗？"白青青不敢遗漏细节，"换一种说法，她跟你的关系怎么样？"

"平时虽然联系不多，但也没有过什么争吵。"

这样的回答，对于常年处理民事案件的白青青来说，是当事人故意模糊事实的表现。

"你上次给她打电话是什么时候？"

程祚山知道他无法回避这个问题，低头答道：

"两个月前。"

"也就是说,你跟女儿沟通并不多?"

"嗯。"

"所以她失联的具体时间你也无法确定?"

"我之前去她工作的服装厂问过,这是昨天在那边人事处拍下来的资料,我想有可能会用到,就打印出来了。"

程祚山从帆布包里拿出打印好的图片,放到桌子上。白青青拿起照片端详,试图搜寻有用信息。

"这边已经帮你立案了,有消息会联系你,留的手机号没错吧?"她指了指程祚山之前填写的信息。

"嗯。"程祚山没有立刻起身,"估计多久能回复?"

"只要她使用过自己的身份证或是有过消费记录,找起来会很快。"白青青端详着程祚山,"如果找到你女儿,她不想见你的话,我们也会及时告知。"

"什么意思?"程祚山疑惑道。

"直接跟你说吧,有些人会选择故意失踪,来切断同家庭的联络,原因有很多,多数与家庭暴力有关。"白青青直视程祚山,像在瞧着一名嫌疑人,"我们不能排除这种可能,所以找到你女儿后,会先跟她确认一下。"

"我没有打过她!"

程祚山大声辩解道,引得周围的人纷纷朝他看。

"那么冷暴力呢?"白青青见惯了大风大浪,并不急躁,语气平静,"冷暴力也算,有过吗?"

程祚山突然噤声,方才喊叫的底气像他那辆面包车轮胎扎入玻璃一般,瞬间干瘪。

"有消息我们会通知你。"

程柞山从派出所走出，现在没有进一步的线索，只能等通知。

程小雪被网暴的事，作为上级领导的周宏亮一定知情，可他昨天对于这件事只字未提，程柞山心里难免犯嘀咕。

想起昨天周宏亮留给他的那张名片，程柞山按照上面的号码将电话拨了过去。

7

松江新城的泰晤士小镇曾有过一段辉煌时光，二十世纪九十年代已经建成楼房公寓。周宏亮约程柞山见面的地点在泰晤士小镇的一家咖啡厅里，周末他要先陪怀孕的妻子和十岁的女儿去美术馆看画展，电话里连说了好几次抱歉。

程柞山抵达小镇，但出于某种原因，没有立刻进入那家被藏红色油漆包裹住店门的咖啡厅，而是躲在靠角落的位置，从这里能够看到松江美术馆的门口。

周宏亮带着妻女很快出现在他的视线范围内，妻子的肚子已明显隆起，十岁的女儿一直纠缠着父亲，但周宏亮脸上没有流露出一丝不满或是厌烦，他蹲下身，微笑着与女儿交谈。

这时的周宏亮就像程柞山出门前那晚与雯雯约定好的陈虹。

那种父母与孩子间的情感羁绊，是难以弄虚作假的。

恍惚间，妻子已经领着女儿来到美术馆门口，周宏亮目送她们进去，这才转身朝咖啡厅走来。

咖啡厅吧台旁的走廊，两面墙贴有爵士乐演出海报，这里晚上会变成小型酒吧，有驻场演出乐队。现在舞台上摆放着一张长桌，有人坐在那里正敲击键盘工作。咖啡师留着寸头，身形瘦弱，程柞山仔细看才瞧出是女生，脖颈处似乎还有文身。在上海，这样的年轻人随处可见，在西平市却难以见到。

这是因为城市文化不同。

大城市比小城市更为包容。

周宏亮坐在角落位置的咖啡桌旁，已经帮程柞山点好了咖啡。

"怕你喝不惯，选了杯不太苦的。"

"平时我在家也会煮咖啡喝，我喜欢苦的。"

程柞山没有说谎。以前跟夏丽芳在一起时，去她家吃饭，程柞山那位有着白俄罗斯血统的岳母常煮咖啡招待他，将浓咖啡跟巧克力混在一起搅拌，最后还要加牛奶跟白砂糖。

夏丽芳说这叫热的摩加佳巴，是俄罗斯咖啡，程柞山每次喝都觉得太甜。后来两人离了婚，程柞山却保留了喝咖啡的习惯。西平市有卖俄罗斯商品的超市，因咖啡粉即将过期，常促销出售。程柞山每月都会买上一袋，用开水直接冲着喝。

周宏亮意识到刚才他有些不礼貌，忙从斜挎的皮质商务包里拿出一本产品图册，封面是亭唐服装厂的英文译名。

"你女儿的五官很好看，像外国人。"

程柞山接过图册，翻看起来，很快瞧见程小雪的照片，眉宇间，像年轻时的夏丽芳。

"小雪的母亲有一半的白俄罗斯血统。"

"怪不得。"

周宏亮不希望气氛搞得太僵，程柞山也没有先开口的打算，他现在把注意力全部放在画册上，脑海里却回想起昨天在网吧翻看到的评论。

"论坛上的帖子，你看到了吧？"程柞山问道。

"之前让管理员删了,但新的帖子总是不断冒出来。"周宏亮皱着眉头,"话说得很难听。"

"为什么昨天不告诉我?"程祚山抬眼紧盯着周宏亮。

"有很多方面的考虑,想先跟你互相了解一下,本来打算今天陪完孩子再联系你,没想到你已经看到帖子了。"周宏亮并不回避对方的眼睛,"帖子的事情,是谁告诉你的?"

"我答应帮他保密。"

"小雪被工厂开除前,在附近租过半个月的房子,这件事你知道吗?"周宏亮突然问道。

程祚山对此一无所知,他原以为女儿一直住在宿舍,搬出来意味着要多承担一笔开销。

"就在你现在住的招待所。"周宏亮用手指轻轻敲击咖啡杯,"是你现在住的房间。"

程祚山彻底愣住,在那个不大的房间里,女儿曾与他有过某种平行时空般的关联。

可程祚山之前一无所知。

"是你帮她付的房费吗?"程祚山想听到对方否定的回答。

"我提出过,但她坚持自己付,之前她为工厂拍产品图册挣到的劳务费,正好能够支付半个月房费。"

"那天晚上到底发生了什么?"程祚山焦躁不安地问道。

"具体情况我也不太清楚,有人在小雪回招待所的路上对她施暴,当时我恰巧从那儿经过,就有了你看到的照片。至于照片是谁拍的,是另一个问题。"

"会这么巧吗?"程祚山难以置信。

"当然不会。"周宏亮说出实情,"那几天我经常去招待所。小雪被同事孤立后,精神状态不是很好,我有些担心。"

程祚山一时间难以接话。如果按照周宏亮现在的说法，那么帖子里写的程小雪勾引有妇之夫的情况有可能成立，女儿遭网暴跟受同事排挤也就不难理解了。

"她怎么会做出这样的事……"程祚山压低了声音。

"她做什么了？"周宏亮语气有些逼问的意味，"我跟她只是工厂里的上下级关系，你女儿出了这样的事，而我又是导致这件事发生的导火索，你认为我应该袖手旁观吗？"

"你们之间什么都没发生吗？"

"如果我说没有，你会相信吗？"周宏亮解释着，"我们之间没有网上说的那种不正当关系，是有人在故意散播流言……"

"别再解释了！"

程祚山喊出声来，不管对方接下来要讲什么，他都不会相信。周围的客人也注意到他们在争吵，纷纷侧目，但程祚山并不打算就此作罢。

"我劝你先坐下来，不然我们没办法再往下谈……"

"我会查清楚的。"

程祚山再次打断周宏亮，作势要走，突然瞧见从咖啡厅门口走入的周妻与那个年龄不大的小女孩。程祚山从周妻身旁经过，快步向门外走去。

如果程小雪真的做了破坏别人家庭的事情，程祚山作为父亲，不知道该如何同周妻交谈，也无颜面对那个与雯雯年纪相仿的女孩。

现在他还能怎么办？

程祚山再次想到吴彦霖。

他可以肯定，周宏亮并未如实相告，要想了解更多实情，就要将渔网撒开。程小雪的室友，之前程祚山询问她们的时候，很明显对周宏亮有所忌惮。

她们每天同程小雪一起生活，对事情了解得会更清楚，只是不能在服装厂询问，现在是周末，她们有可能外出。

程祚山要找到能跟她们在外碰面的机会。

8

逛完美术馆，陈莉很快感到疲惫。她大着肚子，虽然医生让多走路，但体能完全不比怀孕前。

"不会有什么麻烦吧？"陈莉多少有些担心。

"我会想办法。"周宏亮只能这样安慰妻子。

他送陈莉跟女儿回家后，便独自开车前往超市采购生活用品。

虽然用手机下单很方便，但周宏亮总觉得网购的果蔬不够新鲜，况且他还约了别人在外面碰面。超市在一家百货商场里，采购完他等的人还没到，自己便先在商场闲逛。

不同于其他男人，周宏亮逛商场喜欢逛女装区，有销售人员上前询问，便说是要送妻子礼物，他的手还不时会去摸服装面料。遇到在店里挑选衣服的漂亮女孩，周宏亮也会情不自禁地多看几眼。

电话响起，得知等的人已经抵达商场一楼的咖啡店，周宏亮便从女装店离开。销售人员不免小声议论，觉得这名男子行迹多少有些可疑。

刘文栋已经点好咖啡。旁边有对年轻男女嘱咐服务员多放冰块，他本来打算说上两句，后来想起儿子对他唠叨的反感，便不再多事。周宏亮爱喝热美式，他也已提前点好，只等对方到来。

"等很久了吧？"周宏亮姗姗来迟，径直走到刘文栋对面坐下。

"刚到。"刘文栋回答,随即从包里取出一沓厚厚的文件,递给周宏亮。

"资料都在这里了,你拿回去仔细看一下吧。"

"嗯。"周宏亮将文件收好,"有程小雪的消息了吗?"

刘文栋摇了摇头:"电话联系不上,服装厂也没人知道她在哪儿。你今天见过她爸了?"

"嗯。"

"接下来准备怎么办?总不能一直让他住在招待所吧?"刘文栋将手机掏出来,"今天辖区派出所给我打电话,说程小雪失踪的事,她爸已经去派出所立案了。咱们那件事估计也藏不了太久。"

"我会解决的。"

"怎么解决?"刘文栋追问道,"如果这么容易解决,事情也不会一直拖到现在。"

"反正这件事跟你无关。视频呢?"周宏亮小声问道。

刘文栋不答话,从外套内兜掏出一个优盘,准备交给周宏亮,周宏亮没有接。

"先放在你那儿,等我想清楚了,会打电话告诉你该怎么办。"

刘文栋张口想再说些什么,但看周宏亮的表情,并没有要继续听下去的意思。他重新将优盘收好,起身离开。

接下来要怎么做呢?

如果程祚山执意继续调查,只会发现更多的问题。

不管怎么样,这件事周宏亮都无法置身事外,他不能继续等下去了。

9

吴彦霖从保安科拿到程小雪室友的联系方式,约程祚山在招待所碰头。

昨夜在电玩城他原本打算翻盘,不承想手气不佳,钱还没焐热就全部跑进了赌博机,他又一次身无分文。所以程祚山再次找上门来,对吴彦霖来说,这是一次新的机会。

还不到中午吃饭时间,吴彦霖从工厂食堂打包了两份盒饭,已经将食堂卡里所剩不多的钱悉数花光,以此作为接下来谈判的筹码。

沿着晨龙招待所院子里的石子路一直往前走,很快能看到堂门,顺实木台阶一路往上走就到了程祚山的房间,吴彦霖轻轻叩开了房门。

"进来吧。"程祚山面无表情道。

吴彦霖有些发怵,但脸上仍带着假客气。他迅速将饭盒从袋子里拿出来,甚至帮程祚山将筷子摆好,嘴里不停地说:

"食堂吃多了,菜的味道都差不多,但至少比外面的要干净。"

程祚山偷偷观察着吴彦霖的反应,既然从周宏亮口中得知程小雪曾在这个房间住过,那吴彦霖是否来过呢?

"这里的房间不新,房价却一点也不便宜。"程祚山说。

"谁说不是呢!要不是你今天招呼我过来,这招待所的门我怕是这辈子都进不来。"

"管理很严吗?"程祚山拿起筷子。

"严,除了住在这儿的客人,访客都得登记,跟厂里一样。"

吴彦霖昨晚虽说吃过烧烤,但熬了一夜,早就饿坏了,急忙夹菜往嘴里塞。程祚山跟他的情况差不多,但女儿到现在还没有下落,他没什么食欲，饭菜没吃上几口，很快就把筷子放下了。

"不吃了？"

"你要是不够的话，把我这份也吃了吧。"

吴彦霖没有客气，立刻接过程祚山的盒饭大快朵颐起来，很快见底，他也心满意足地打了个饱嗝。

"找到了吗？"程祚山直奔主题。

"电话号码我都给你写在这张纸上了。"

程祚山伸手去接，可吴彦霖却把手缩了回去。

看来这个赌徒，另有打算。

"想要什么？"

"跟昨天一样，五千块，钱给我，电话号码归你。"

程祚山没有回应。昨天夏丽芳借钱给他的时候嘱咐过，想敲诈你的人，只要第一次得手了，就会厚颜无耻地敲诈第二次。吴彦霖见程祚山不说话，一直翻看手机，有些慌乱起来。

"你出来找女儿不容易，咱俩也都熟了，四千，我把东西给你。"

程祚山突然播放起手机录音。

录音虽然掺杂进了大排档的噪声，但程祚山跟吴彦霖的对话，每字每句都能听清楚。

"钱我昨天都给你了，你可以不把她们的联系方式给我，录音我会直接拿到派出所。"程祚山将脸凑近吴彦霖，"知道吗？你这是敲诈，违法！"

吴彦霖的脸色变得有些阴晴不定，但看到程祚山满脸严肃的样子，只能示弱，把手上那张纸递了过去。

看着纸上的人名以及后面的电话号码，程祚山折好揣进了外套口袋。

他瞧着吴彦霖手足无措的样子，像昨天夜里在招待所楼下喂过的野狗,终究还是心软了。裤兜里还有些现金,他点出五张红色的,放到吴彦霖面前。

"谢谢。"

吴彦霖将钱收下,没多说话,起身就朝屋外走去,剩下程祚山独自一人,在床沿上坐着。

或许他不该这么轻易放走吴彦霖,一个烂赌鬼,满嘴谎话,不知道是不是还隐瞒了其他事情没讲。

程祚山又一次想起了母亲李秀芬。

西平市桥城区文体桥附近有个九菇湖,李秀芬曾让程祚山开车拉着她,将从百姓市场买来的鱼拿去湖边放生。袋子里的鱼活蹦乱跳,李秀芬双手捧着将鱼送入湖中,随即双手合十,闭眼默念起经文。

程祚山瞧见不远处有野钓客,他们正收紧鱼线,捕获了一条大鱼。

再去瞧身旁的母亲,对此事毫无察觉。

仍然满脸虔诚。

母亲并非想救赎这些鱼儿脱离苦海,她想要救赎的是对家人的亏欠。程祚山没能跟李秀芬学会如何为人父母,李秀芬也不曾教过他,她对儿子的要求向来顺从。

或许从那时开始,他就注定要尝日后的苦果。

个人即使等得及,时代是仓促的,已经在破坏中,还有更大的破坏要来。有一天我们的文明,不论是升华还是浮华,都要成为过去。

——张爱玲《〈传奇〉再版序言》

第五章
父亲的搜寻

1

　　松江区的庙前街、中山中路、华亭老街是三点一线，服装厂生产打底的衣服，女工基本无须往外面的服装店里钻，但冬季要穿的外套，既要保暖又要美观，就需要出去买。

　　女工宿舍里温筱晴周末要回嘉兴，胡姐不爱逛服装店，冬季的衣服一件能穿好几年，她上了岁数，衣服旧点也不打紧。

　　何桃照例打车先到庙前街，走进常去的那家小店，试穿新进的冬装。她相貌普通，只好通过穿着打扮努力让自己在人群里出彩。年轻姑娘还是要有身漂亮点的衣服的。

　　偶尔何桃会录一些短视频发在网上。让她有些不满的是，自己账号里热度最高的，还是程小雪上次在工厂唱歌的那条，当时何桃在台下录了视频。何桃看着视频的点赞数与下面的评论，不舍得删，但每次看到都会心生妒意。

　　说什么人生而平等，才不是哩！

　　程小雪长得漂亮，歌还唱得这么好，明明就不公平。

　　何桃在程小雪被工厂开除后，开始走好运，她在网上应聘了市里一家百货公司的销售职位，很快收到面试邀请。上周面试结束后她接到电话,说被录取了,不出意外的话,在厂里做完这个月,元旦后便能入职。

但何桃将新工作推到了年后。她早有打算,想用这些年的积蓄做隆鼻手术,整形医院已经联系好,咨询过康复期,术后住院养护月余,便能以全新的面孔出现在大庭广众之下,开启全新的人生。

去市里工作虽然每个月多了一笔房租支出,但接触人的机会多,说不定会遇到能够托付终身的良人,就算是烂桃花,至少能帮她拓展交际圈。

不像现在,被关在厂子里,没有上升空间,日夜重复同样的事情,毫无意义地熬着。

再熬下去,等年龄大了,也就不值钱了。

这么想着,何桃已经拎上装有旧大衣的袋子跨出店门。

手机响了,是陌生来电,又是外地号码,八成是诈骗电话,何桃不假思索,直接挂断。

可当她抬起头来时,手里拎着衣服差点摔倒。

程祚山拿着手机,直挺挺地在何桃对面的街道上站着,没来由的恐惧让她下意识地向后退了一步。

两个人隔着一条不宽的街道,互相注视着。

华亭老街上有一家云吞面馆子,何桃是常客。程小雪被工厂开除前,她们经常来这边吃饭。

"以前就我一个人逛,小雪来了以后,才有人陪我了。那边有个量贩式歌厅,现在生意不景气,唱两个小时比看一场电影还便宜。"何桃边说话边将云吞面送进嘴里,"之前在宿舍的时候我跟小雪挺熟的,但温筱晴跟小雪关系最好,叔,我真不知道小雪去哪里了。"

"之前在宿舍,为什么说跟她不熟?"

"你当时问话的样子那么凶,加上小雪之前也没跟我们提过你,说实话，谁也不知道你跟小雪之间到底发生过什么。"

原来是程祚山当时说话的态度有问题。

"可今天见了面，叔，我感觉你这个人还挺好的。"何桃也不顾忌了，"反正我很快也就不在这儿干了，实话跟您说吧，周宏亮或许知道小雪去哪儿了。"

"周宏亮？"程祚山想起帖子里写的内容。

"你看过论坛的帖子了吧？"何桃试探性地问道。

"帖子里写的……是真的吗？"

"小雪怎么可能给别人当小三？就算当，这样的好事也落不到周宏亮身上啊，小雪这条件，在上海什么样的男人找不到？"何桃将声音压低，"要我说，这周宏亮……怕是没做什么好事。"

程祚山的脑袋突然嗡地响了一下，他明白何桃话里的意思，只是不明白她为什么会这么说。

"有证据吗？"

"小雪之前在厂里好好的，就是给周宏亮拍过产品图册后，事情才开始发生变化。"何桃欲言又止，"我们都知道小雪的奶奶走了，她回上海后跟我说，她以后再也没有家人了……您别介意啊，我当时还以为她的父母已经不在了呢。"

"没事。"

"其实我能理解，我的情况跟小雪差不多，也是父母离异，爹不疼娘不爱的。"

何桃发现程祚山的脸红起来，急忙转移话题。

"小雪参加唱歌比赛时，我录过视频，叔，你想看吗？"

程祚山点了点头。

何桃把手机拿出来，点开之前比赛时录下的视频。

视频里的程小雪很紧张，但她眼里的光，程祚山十几年来从未见过。麦克风握在女儿手上,听女儿的声音,像极了她的母亲夏丽芳。

唱的是那首夏丽芳以前哄小雪睡的安眠曲——

  假如流水能回头
  请你带我走
  假如流水能接受
  不再烦忧
  ……

当年西平市的海浪花歌舞厅,是程祚山与夏丽芳初次相遇的地方。

当时年轻男女聚会,被推上舞台唱歌的夏丽芳性格飒爽,唱歌毫不拘谨。程祚山被她的性格与歌声俘获,之后深陷其中。突然有一天,夏丽芳食欲不振,去医院检查,带回来的是一张怀孕八周的化验报告。

程祚山不假思索地将她领回家,向母亲李秀芬作了介绍,二人很快领证,举办婚礼。从认识到结婚满打满算还不到三个月。

他们还没来得及相互了解,就匆忙成为夫妻,在毫无意识的情况下成为父母。

谁也不会想到,二十多年后,两人会从最亲密的爱人变成冷冰的陌生人。

饱受折磨的不是程祚山与夏丽芳,而是他们生下的女儿。

不被父母任何一方疼爱,别人口中的"懂事"看似褒义,但程祚山清楚,程小雪懂事,是因为背后有一对不称职的父母。

2

之前参加服装厂的唱歌比赛,让程小雪从默默无闻变成厂里的红人。

很多认识或不认识她的同事,见面都会主动打招呼,程小雪只是颔首。她一向低调,很难适应现在被人关注的感觉,倒是何桃引以为傲,常将"我家小雪"挂在嘴上。

程小雪要拍产品图册,这是服装厂的大事,何桃很快将消息在女工宿舍传开。之后消息由女工宿舍扩散到食堂,又从食堂扩散至保安科、人事处、财会部门。程小雪的热度刚要冷却,此刻又重新被大家热议,吴彦霖自然也听到了风声。

保安科在厂里最为清闲,原本就是雇人来装点门面的,但工资也最低,而且只有保底工资。除科长叶勇军外,其余人全部按合同工对待,很多人并未接受过专业训练,但并不影响工作,就像监控摄像头摆在那里,无论像素高低,总是能起到震慑作用,让别有用心者远离。

中午除了正在四楼影棚拍摄的工作人员,同事们都去食堂吃饭了。

吴彦霖来到影棚紧闭的大门外,试图推开屋门,一窥室内景象,幻想能瞧见程小雪。他身后突然传来脚步声,吴彦霖立刻停止幻想,扭头向楼梯口瞧去,只见拎着一次性饭盒的何桃正在上楼。

何桃瞧见吴彦霖,似乎很清楚他来这里的目的。吴彦霖将视线移开,急忙寻找蹩脚的理由,说道:

"我来检查一下电闸。"

"是吗?"

何桃不再说话,推开影棚的门进去了。

突然敞开的大门,让吴彦霖瞧见了聚光灯下的程小雪,她的皮肤比平时看上去更滑更白,身上正穿着一件黑色高领毛衣。

吴彦霖幻想他的手伸进程小雪的上衣,在里面试探摸索,像正在熨平一件丝绸质地的衣服。

他下意识地吞咽口水,试图寻找隐秘场地解决生理问题。

何桃很快从影棚走出来。

"好看吗?"何桃问。

吴彦霖点了点头。

何桃看周围没有旁人,凑到吴彦霖耳边,低声问道:

"钥匙带了吗?"

"还是去老地方?"吴彦霖问。

"嗯。"

吴彦霖口中的老地方,指的是亭唐服装厂存放过季服装的仓库。平时那里上锁,他在保安科工作,能轻松拿到钥匙。

何桃的邀请,对于现在的吴彦霖来讲,正是及时雨。

在堆满纸壳箱与衣物的仓库角落,何桃双手扶在墙上。毫无前戏的交合如同在快餐店吃饭,吴彦霖难以全身心地投入,只想速战速决,但何桃不同,她试图叫喊出声,却被吴彦霖捂住了嘴。

她喜欢在这里幽会,并不是为了身体上的快感,而是心理上的需要。何桃曾经一度认为这样的心理趋于病态,后来在网上匿名发帖,发现有同样癖好的女生不在少数。

更有评论说,在公共场所交合,是对已有规范与文化的破坏,而这种破坏会让人产生快感。

她不断试探边界,在类似犯罪的快感中达成满足。

何桃甚至渴望有人发现自己正在做的事,然后彻底暴露在大庭广众之下,不再做程小雪的附庸,而是成为人们日夜讨论的话题。

吴彦霖开始加速,让何桃瞬间将杂乱的思绪清空。

女工宿舍里何桃与工厂男职工交往最多,即使有人同她说黄色笑话,她也能全然接受。

但也仅限于此。

之前吴彦霖向程小雪借钱,事情的平息除去温筱晴的威逼,还有何桃的劝说。

她和吴彦霖表面上看已无瓜葛,实际并非如此。偶尔在工作日众人忙碌时,他们会趁午休跑到这里,用十几分钟的时间互相纠缠,却从不亲吻。

何桃不喜欢吴彦霖嘴里的烟味,却能接受那个味道遍布自己全身。

她没打算跟吴彦霖发展成男女朋友,所以吴彦霖赌博同她无关。

没人知道何桃的故事,她也不愿将出生后的不幸告诉别人,在她看来,那是一种耻辱。

如同全身被扒光后瞧见的醒目疤痕。

那是何桃之前到美容店试图去掉的印记,而将这印记留在她身上的是同她交合的第一个男人。

那是一个大她几十岁,要她躺在他腿上读武侠小说的男人。

"……便在此时,忽听祠堂外连声胡哨,东南西北都有脚步声,少说也有四五十人。吴立身笑容立敛,低喝:'吹熄烛火。'祠堂中立时一团漆黑。"

"桃子,你知道吗?韦小宝娶了七个老婆,可我们现在所处的社会,只让娶一个。但男人其实没有变化,只是委屈了女孩子,就连做妾的名分都丧失了。"

说话间,男人将手伸进了何桃的短裤。

那时的她,只有十六岁。

3

何桃父母离异，自幼被姑母收留，少女时曾想过去见自己的亲生父母，却遭到姑母拦阻。

父亲有不能言说的苦衷。原本何桃的降生便在计划之外，她的生母是在歌厅上班的坐台小姐，怀孕与生下女儿只为敲诈当时已婚的何父一笔抚养费。

但何桃不信，既然父亲不方便与她见面，那联系母亲应该不会有什么问题吧？

当时的何桃并不知晓，这个举动竟会让她坠入深渊。

母亲与她见面后，忏悔了曾经抛弃她的罪责，随即答谢了姑母的养育之恩，便带她前往他乡。

重新办理好入学手续，母亲和继父对何桃悉心照料，原本以为生活开始步入正轨，谁会想到照顾她的母亲早已从别人手里收了好处。

何桃刚刚考上高中的那个暑假，她在一无所知的情况下被母亲带去外地旅游，住进了一栋建在半山腰的房子里。

那是一切噩梦的开始，而她的母亲在完成任务后，便自行离开了。

母亲留下何桃同那名中年男人独处。

之后的每一个假期，她几乎都在那栋半山腰的房子里度过。如果反抗，慈祥和蔼的继父就会突然变成另一副模样。虽然母亲每次都会阻拦继父对她拳打脚踢，但何桃清楚，母亲担心的是继父会把要送人的礼物弄脏搞坏。

何桃曾经有过短暂的离家出走，但最终因为无法忍受在外遭受的苦，而选择了回去。

除了做那件她不喜欢的事，何桃至少享有一定程度上的物质自由，她心里其实早已做好打算。

十几岁的女孩若无之前的遭遇，或许会天真烂漫。但何桃早已懂得什么叫心机，她示弱讨好，借此放松中年男人与父母的警惕，甚至用小小的嘴说最淫秽的话，用中年男人买给她的手机录下彼此间的所有对话。

侵犯终于停止，父母失去一笔重要收入，将责任全部怪罪到身为受害者的女儿身上。

可何桃明明什么都没做错。

她看清了血缘亲情。

纠结于过去的遭遇或是责怪父母都于事无补，他们本来就不具备做人的资格，不如离开，至少以后的人生能够重新开始。

高中毕业后，何桃彻底远离，起初去北京打工，之后一路向南，最终在上海松江安营扎寨。何桃想要的不过是一点温暖，哪怕只是用身体换来的短暂慰藉。

程小雪的到来，改变了何桃的处境。

比起胡姐跟温筱晴的忙碌，程小雪同她一样，除了工作，几乎没有任何事可做。

何桃终于有了同伴，于是跟程小雪形影不离。

她结束了跟吴彦霖在仓库里的纠缠，照常回到车间上工。等到晚上下班，原本打算去找程小雪，等她抵达四楼影棚，才从收拾物品的工作人员口中听说了程小雪奶奶过世的消息。

"周经理自己掏钱帮她订了机票，还开车送她去了机场。"

"趁虚而入，要我看他肯定起了什么坏心思。天天拿相机给漂亮姑娘拍照，亏他老婆还能装作什么都不知道。"

工作人员议论纷纷,他们对于程小雪奶奶的去世毫不同情,毕竟素不相识。

唯有旁边戴老花镜正叠服装的石奶奶叹息不止。

"吃尽天边盐好,走尽天边娘好。"她用吴侬软语喃喃自语,"迟早的事,躲不掉,躲不掉。"

何桃从办公楼里走出来,给程小雪打电话,可号码拨出去,那边已经关机。她又脚步匆忙地走进女工浴室,温筱晴跟胡姐已经洗漱完毕,刚刚换好衣服。瞧何桃独自走来,她们随口问到程小雪的去处,这才得知噩耗。

"人走以后有很多事情要忙,发条短信,尽到礼节就好。"胡姐叹道。

"要不要转点钱给她?"

温筱晴想起自己母亲去世时,来吊唁的亲友会用信封将挽金装好。

"等她回来,好好宽慰一下就好了。"胡姐说。

"可小雪还会回来吗?"

何桃六神无主,症结原来在此处。

见所有人都不说话,胡姐若有所思道:

"也不知道是不是宿舍里的那张床有问题,睡过那张床的,没一个有好结果。"

"我生下来的时候,祖父祖母早就死了。"温筱晴有些不太高兴,"出事的又不是小雪,胡姐,你可别乱说话。"

"呸呸呸!"胡姐呸了几声,"我这张嘴,净说胡话。"

何桃没插话,她突然感到害怕,借口晚上同人事处同事约好吃饭,与温筱晴跟胡姐分开,实则发短信约了吴彦霖。

他们约定在离服装厂五公里的红秀旅社碰面。

白天在仓库里纠缠是为了满足欲望,此刻在旅社房间,何桃是为了疏解巨大压力，以免脑袋不停地胡思乱想。

旅社大部分房间没有窗户，靠颜色昏黄的灯光照明，钟点房两小时只要三十元。这里邻近大学城，又处于相对私密的巷弄里，是初尝禁果的年轻男女常来光顾的秘密花园。

房间隔音很差，但来此的客人并不在意，他们试图通过在封闭房间内呐喊，达到生理需要外的精神发泄。

现在罕见红秀这样的旧旅社了，房间让剧烈运动中的男女喘不过气，只能靠墙上不大的排风口完成室内外空气的交流。

细小的风鸣声，如同酣战过后男女间的窃窃私语。

"小雪的奶奶去世了。"这是何桃开口说的第一句话。

"上了年纪的人，总归是要走的。"

吴彦霖含糊回应，他不敢告诉何桃，刚才他无数次幻想程小雪的脸。

"我怕她走了就不回来了。"

"原来你在担心这件事。"吴彦霖并未发现问题的严重性，仍然漫不经心地说，"人聚散离合，是很正常的事。"

"你什么都不懂，就是个戆度。"何桃会说的上海话不多，都是吴彦霖教她的下流话。

"我不懂，那你就把话说清楚，别吞吞吐吐的。"

"她就像这个世界上的另一个我。"何桃想起曾经看过的少女漫画，"我们都出生在一个很小的城市，有从来不会从我们口中听说的父母。她遭遇的事情一定不会比我遭遇的更坏，不然不会有那么干净的眼睛。但生活只是不坏是不够的，鼓起勇气才能拥有自己想要的人生，浑浑噩噩，那跟没有开始又有什么区别？"

"你说的话，我已经听不懂了。"

"如果小雪在，她肯定能明白，所以我才需要她。我不缺做爱的男人，我缺的是能够说话的朋友。"

吴彦霖搞懂了何桃的意思，也明白了她为何焦虑。

其实程小雪对何桃而言不仅仅是朋友，更是用来取暖的火炉。她们在各自寒冷时相遇，是命运暂时赐予彼此的恩惠，可现在又突然将恩惠收回。

求而不得，得而复失，周而复始。

何桃一时难以接受，只能借由吴彦霖的身体来慰藉精神突然缺失的一角。

吴彦霖眼中的何桃，似乎一直在同这些复杂情绪纠缠撕扯，像是乱掉的毛线球，他甚至产生了何桃一个人活不下去的错觉。他为之前曾将何桃幻想成程小雪的事感到懊悔，将其视为出轨般的背叛。但他也清楚，在何桃心里，他们并非真正意义上的男女朋友，他只是她需要的另一个火炉。

"如果你不赌钱，现在应该会生活得很好吧？"何桃的情绪平复了一些。

"至少不算坏，但生活只是不坏是不够的。"

吴彦霖学着何桃的语气，试图逗她开心，但毫无作用。

"那为什么还要赌钱呢？"

"说不清楚。你相信吗？我最早跟人一起开过电玩城，投了十几万。"吴彦霖下意识地骄傲起来，"但我其实完全不懂里面的门道，只瞧见有人赢钱，一时手痒，结果越陷越深。"

"你在外面欠了很多钱吗？"

"嗯。"吴彦霖苦笑着，"靠打工不知道要还多久。"

他们沉默起来，一对落魄男女满怀心事地待在这连窗都没有的房间里，吴彦霖侧坐在床脚，用手摆弄着何桃的左脚趾，用力按压，帮她放松。

吴彦霖想知道他对于何桃的意义，这是唯一能把他从泥沼中拉出的缰绳，只要有人还愿意对他抱有希望，相信他会改过自新，便能让他鼓足勇气，去与住在身体里的赌鬼抗争。

可还没等吴彦霖询问，何桃却突然用手勾住他的脖子。

"厂里的规定就像笼子一样关着我们，那些奖金跟绩效，像主人偶尔施舍给野狗的剩饭，可野狗却不以为然，恨不得告诉所有人——看，如果你也想吃，便学我的样子，摇尾乞怜，又或是跪下来用舌头舔遍主人的双脚。"

说话时，何桃故意凑到吴彦霖耳边。

"吴彦霖，你知道吗？我们俩就像两只野狗，一公一母，只能期待有一天会遇到愿意收养我们的人。我们被冲刷干净，修剪毛发，假装不曾在垃圾桶里翻找过食物。"

"听起来，我更像是垃圾桶。"

"知道为什么我从来不跟你亲吻吗？"

吴彦霖等待着何桃的答案。

"因为你是狗，也是被我从垃圾桶里翻出来的食物……我只想饱腹，却不想品尝食物馊掉的味道。"

何桃的话浇灭了吴彦霖心里的火苗。

在她眼中，自己只是野狗和被人丢弃的过期食物。

但吴彦霖并不恼怒，至少没有表现出恼怒的样子。他重新爬上床，又一次将何桃压到身下，将这当作是对她的报复。

何桃撒谎了，她讨厌的不是烟味，而是同烟味亲吻，那会让她想起半山腰房子里的男人。

男人房间里有面高墙，靠墙的木柜上摆满了书，他最喜欢的事情便是在书柜前的双人沙发上坐着，要求何桃躺在他腿上，将书上的文字轻轻念出来。他则将手伸入她的短裤……

这反而是何桃常常回忆起的好时光。

因为男人对她做的其他事情更坏，坏到如将许多大小不合适的物品硬塞进去……

她每次都疼得厉害。

吴彦霖此刻的粗暴，在她看来，是温柔的冲击，至少吴彦霖没有将她当作母狗。何桃只是装傻，她清楚吴彦霖在渴望什么，但她能给他的只有身体。她对自己的未来还有其他规划，而吴彦霖被排除在外。

何桃闭紧了双眼。

事后，他们一起洗漱，各自穿好衣服，钟点房的退房时间还没到，谁也没提出要先走。两人衣着整齐，并排坐在床边套好袜子穿好鞋，之后如在课堂认真听讲的学生般静坐，身板挺直。

"《何日君再来》这首歌……"何桃说。

"嗯？"

"用上海话怎么唱？"

"怎么突然问起这个？"吴彦霖笑了笑，"没听人用上海话唱过。"

"小雪跟我一样，喜欢听邓丽君的歌，我最喜欢这首，但她说这首好难……你能唱给我听吗？"

吴彦霖没有回绝，他在脑海里过了遍曲调，便用沪语哼唱起来。他的声音有些轻佻，用方言唱出的歌，在这个狭小的房间里显得有些暧昧，让何桃有要亲吻他的嘴唇的冲动。

可嘴刚凑上去，敲门声便粗暴响起。

"时间到了，续不续房？"

门外传来的声音清晰，吴彦霖同何桃对视一眼，突然笑了起来。

吴彦霖与何桃从旅社走出来，像陌生人般分开行动。

换作以前，"运动"结束后，他们偶尔会去红秀旅社附近的夜市吃东西。何桃吃不了辣，选择性不多，换作九月份，还能吃河蟹。她喜欢看吴彦霖吃蟹时的样子。吴彦霖会先用手掰开蟹腿两头，用剪刀将蟹腿剪开，把蟹腿中段的肉捅出来给何桃吃。

吴彦霖则咬瘪蟹腿前段，将肉挤出来。按他的话说，自小在上海长大的孩子，就算是松江和金山的，也都能把蟹吃得很好。

河蟹满嘴香，不像海蟹略带腥鲜。

他今天也邀请过何桃，却被她拒绝了。可不自觉地，她下意识地还是来了夜市，只有她一个人。没来由地，她突然想吃辣。

她找位置坐好，点了麻辣小龙虾，把虾壳剥开，将肉咬下咀嚼，用舌尖舔着虾壳缝隙间的酱汁，有种酥麻的感觉。

夜市里人来人往，几乎都有同伴，偶见形单影只者，也很快等来同伴，嘴里抱怨着对方怎么来得这么晚，对方则找借口连声说着"抱歉，抱歉"。往常何桃一定会拽程小雪出来，可现在程小雪离开了，胡姐跟温筱晴一个要养生，一个要趁夜晚看书，难以成为夜宵的伙伴。

能随叫随到的，只剩厂里的单身或已婚男人，他们个个心怀鬼胎。

程小雪还有归处，至少在何桃眼里，程小雪要比自己幸福。

何桃孤身一人，像是墙边被人讨厌却又拼命生长的野草，从小不被父母需要与爱，这是她人生的常态。初次见面时，她就敏锐地从程小雪身上嗅到相同的气息，不同于服装厂里的其他人，这是同类的味道。

渴望遇见温暖的野草，刚刚逃离寒夜结霜的荒原，期待邂逅相知的旅人。

比起野狗，程小雪更像是野猫，有一身白色的毛。

可现在情况发生了变化，野猫引起了旁人注意，他们不在乎血统出身，只觉得她的毛发好看。程小雪身上野猫的气味开始消散，变得高贵起来。可何桃仍停在原处，跟吴彦霖在小旅社里幽会，不见被人收养和出头的机会。

何桃离开痛苦挣扎过的过往时，曾发誓不再依附他人。可在外吃了这么多年的苦，她发现有人可依附似乎并非她想得那般令人羞耻，这同样是一个女人的本事。

又或者说，她曾有过那样不堪的经历，到了现在这个年纪，已经开始变得能够忍耐与妥协。

只是不再有合适的对象。

之前跟程小雪去看的电影，是个烂俗故事，银幕里的情节全部水到渠成，主人公该恋爱了，该悲伤了，该分手了。这是别人的故事，拍电影的人在撒谎，告诉你爱情会有结果，贫穷会被拯救，生活终将圆满。

"拍电影的人是这个世界上最坏的骗子。"程小雪喃喃说着，"他们把生活拍得太美好了。"

"或许有些人的生活真的就是这样，只不过我们运气不好，没能遇到。"

如果程小雪不再回来，世界上便又只剩下何桃一个。

她将继续在垃圾桶里翻找食物。

4

火车疾驰，这是现代交通的便利。

程祚山急于求证结果，买火车票从上海折腾到嘉兴，按照温筱晴用短信发过来的地址，从嘉兴火车站下车后，便坐摩的一路找去。

嘉兴不比上海，就算是松江区也比这里热闹与拥挤。

这座城市有一种特有的安静，无论人行走的步伐还是说话的语速，都让程祚山想起西平。他突然想到自己还未给陈虹回电话，但现在乘坐摩的，双手扶着车身，又戴着安全头盔，只能等抵达目的地后再汇报进展情况。

程祚山乘坐摩的来到嘉兴郊区。这里没有南方的青瓦砖房，到处在兴建新的高层住宅，多数没有完工，裸露着水泥与如黑窟窿般的窗口。再往前走，有返迁已经交房入住的居民楼，底商有饭馆跟小卖部，更多是装修公司和五金店，用来服务新房住户。

一切都灰蒙蒙的，从前的农田不见了，地面全部铺上了沥青，明明正在兴建高楼，却莫名像一片废墟，少了些人气，也少了些土气。

到了一条新街巷，程祚山支付了路费，刚要拨打陈虹的电话，却瞧见在不远处站着的温筱晴。一个四五岁大的女孩站在旁边，同温筱晴牵着手。

没有年迈需要照顾的父母，温筱晴不能邀请程祚山进门。她将孩子交给哥嫂后，在河边桥下找了一处相对安静的地方，与程祚山席地而坐，将往事娓娓道来。

温筱晴读高中时，突然成为人们议论的话题，因为她那身为小学老师却因嫖娼被抓的父亲。那些小声议论如同夏日的蚊蝇。温筱晴第一次与人打架，完全没有格斗技巧，只是如野蛮人般去拉扯对方的头发。

之后她被班里的同学孤立，又开始与同类结成新的群体，很快沾上了逃学、抽烟、酗酒的恶习，学习成绩一落千丈，父母却毫无办法。父亲犯了错，被孩子知晓，于是不再拥有教育子女的权利。

这种浑浑噩噩的生活直到温筱晴怀孕后才结束，男友无法承担成为父亲的责任，温筱晴却不愿将小小的生命打掉。

在她看来，流产与谋杀无异。

于是她生下孩子，抱回家里。父亲几年前选择了自缢，母亲身心俱疲，疾病也很快找来，让母亲脱离了生的折磨。家里只剩兄长与他新婚不久的妻子，哥哥帮温筱晴给孩子办理了出生证明与户口，但温筱晴在老家的名声不好，既有对她以前在校园欺凌同学的指责，也有对她未婚生子的指指点点。

为了不让孩子被自己连累，温筱晴从嘉兴离开，到上海打工，只周末回来，瞧一眼孩子。

"到现在还管我叫幺姑，不知道我是她的亲生母亲。"温筱晴有些无奈，她知道这样隐瞒并非最好的办法，但又别无法选择，"我跟宿舍里的人撒了谎。我没结婚，却有了孩子，她们难免会多想。孩子一直放在我哥家寄养，每个月挣的工资会打一部分到他的卡上。"

温筱晴瞧着远处的街巷，缓缓讲道：

"小雪失踪前，跟我回过一次嘉兴，知道我的事情后，也讲了很多关于她的过往。"

提议周末去嘉兴的是温筱晴。那时程小雪还未从奶奶去世的悲痛里走出，她想借此帮助程小雪散心，同时也想与程小雪分享被她藏起来的人生。

抵达目的地前，程小雪对出行原因一无所知，在路上一直翻看她与奶奶的通话记录，对从未来过的嘉兴没有任何期待与好奇。直到随温筱晴抵达一户民居门口，门被叩开，突然听到一个女孩用稚嫩的声音喊道："幺姑，抱！"

程小雪被童声唤醒，错愕地看向将孩子抱起的室友，仍然是同一张脸，却陌生起来。

"筱筱，跟程阿姨打声招呼。"温筱晴语气柔软。

"程阿姨好！"

"你好呀！"

程小雪打起精神，她在妹妹雯雯很小的时候便承担起陪伴与照顾的责任，所以跟孩子沟通时没有任何距离感。筱筱似乎也感受到了，露出笑容，向程小雪伸出手去，程小雪回应，将筱筱那只小手紧紧握住。

她突然有些想雯雯了。

除了奶奶，她并非孤身一人，还有那个时常要听她讲童话故事才会乖乖睡觉的妹妹。程小雪终于弄清在西平市火车站徘徊时，为何听到别人要去上海，自己也会买下同样车次的票。

因为这里有城堡，有雯雯一直想来的游乐场。

"我跟小雪讲了我的事情，后来她也跟我说了很多自己家里的情况。"温筱晴直视着程祚山，"胡姐跟何桃不认识你，但我知道。我在宿舍没有跟你讲实情是因为有疑惑：什么样的父母会根本不想孩子，只顾过他们自己的日子？"

程祚山明白温筱晴的意思，或许之前，他从未产生过这样的意识，但他现在彻底明白了。

"我原本还跟她约好，带雯雯跟筱筱一起去迪士尼乐园玩，谁知道……"温筱晴没再讲下去。

"她回服装厂后的事，能跟我聊聊吗？"

程祚山尽量让自己保持冷静。

"小雪要去广州参加培训的事情你听说了吧？"

"帖子里提到了。"程祚山的嘴唇有些发干，不自觉地抿着，"评论里说是暗箱操作。"

"我想进服装厂做正式工，到时工资跟福利都会比现在好，或许可以考虑把女儿接过去，在外面租个小点的房子。那次是服装厂的管理岗培训，通过后，升职的机会比别人多。按照资历，我不应该被排除在外。"

"但是你没通过审核。"

"我通过了。"温筱晴叹了口气，"只不过后来名额被人抢了。"

她没提名字，但程柞山已经知道，将温筱晴从名单上挤走的人，就是程小雪。

服装厂的培训会先收集员工报名表，内容主要是填写职业发展规划跟一些职称信息。当时温筱晴填的时候，程小雪就在旁边。

"我还劝过她，让她也填一份，但小雪说自己还没想好要不要一直在这里做下去。"

"后来呢？"

"培训名单按照惯例张贴在公告栏上，当时我让小雪陪我去看结果，可是名单上没有我的名字，反而看到了她的名字。"

5

"我从在人事处工作的老乡那儿打听到，是周经理下的命令。"

温筱晴想从小雪口中听到答案。

"我真的不清楚。"

"你知不知道，这个培训名单厂里多少人拼了命地往里挤，你说你不清楚？"

"我连报名表都没填，温筱晴，我真的不知道为什么我的名字会出现在培训名单上。"

"所以那个传言是真的，"温筱晴盯着小雪的眼睛，"你跟周经理睡了,是吗?"

"你在说什么啊?"

"厂里的女工都知道他给你拍过照。"

"他找我拍照的时候桃子也在,你要是不信可以去问她,因为这件事就说我跟周经理睡了,你不觉得很过分吗?"

"你回西平后,有人来厂里找过你。"温筱晴并未因小雪难过而软化自己的态度,"是周宏亮的妻子。"

"可我根本不认识她。"

"但她认识你啊!如果你跟周经理真的清白,人家老婆干吗要来服装厂找你?"

"你怎么会这么想我?!"程小雪有些难以置信,甚至愤怒。

"我的名字原本在名单上,是周宏亮让刘科长把我的名字删去,换成了你的……如果是你,你会怎么想?"

程小雪不再答话,用力将温筱晴推开,跑了。

只剩下伫立在原地冲动后突然感到后悔的温筱晴。

温筱晴回想起自己当初与程小雪亲近并将秘密告诉她的原因,因为她眼中的程小雪简单,对大城市感到陌生,与人保持距离,永远倾听,也一直体谅他人。

这样的程小雪真的会做出那种事吗?

如果她没有,培训名单的事,无论温筱晴怎么想,都找不到合理的解释。

那就将错就错吧。

反正不管是谁的人生,都不会因为别人的缺席而被按下暂停按钮。

宿舍之后的生活与之前完全不同,如同被锋利的剪刀划开,与之前完全割裂,瞧不见任何暖色调的影子。周遭流言蜚语渐多渐响,程小雪却越发安静起来。

沉默不是妥协，只是找不到恰当的语言回击。

用语言进行攻击的人，他们不假思索，所以说话速度很快，像经过训练般不给他人思考与还击的时间，成为一种令人反胃的噪声。程小雪的耳鸣，此刻却成为她迫切需要的一种保护。

程小雪的工作台被搬去了角落，制衣车间的其他人都和她保持着距离。她没有询问是谁搬的，只是默认般在椅子上坐下。这里没有光线，紧靠公用卫生间，能闻到消毒水的刺鼻味道。

不再有伙伴，她在制衣车间自成沉默王国，做其中唯一的国民与君主。

她下工后开始孤身一人，无论前面多么拥挤，程小雪始终步履缓慢，走在最后。陆续经历过一些不好的事情后，她也不再去厂里的公共浴室洗漱，每次都会写假条去外面的大众浴室，一次要多花五十元。

最难受的是，回寝室前明明在门外还听到屋里热闹的聊天声，当程小雪步入，声音却戛然而止。

安静。

这让程小雪想起西平市的老房子，想起已经过世的奶奶李秀芬。自程小雪从西平返回上海后，除了每月工资卡的进账短信和骚扰电话，手机再没响过。

程小雪离家前，从奶奶的遗物里拿走了奶奶的手机，回服装厂后一直压在枕头下面，这时被她拿出来，重新开机。

她用奶奶的手机给自己发信息，瞧见屏幕接二连三亮起"你有一条新信息"的提示。

宿舍里的人都能听见程小雪的哭声。温筱晴跟胡姐都在上铺，她们对视一眼，随即各自背过身去。胡姐虽然心疼，但想到帖子里写的，以为程小雪在假装无辜，心里顿生厌恶，权当没听见。

只有何桃想过去安慰，但被莫名的情绪拦阻，或许与嫉妒有关。

第二天，程小雪收拾好物品，搬到服装厂外独自居住，没人知道地址。

于是制衣车间又生出新的传言，说周宏亮给程小雪在外面租了间公寓，方便二人密会。

还有女工说在商场里见过周宏亮，他正在母婴店里闲逛，怀疑程小雪怀孕了。

"所以才要搬出去住啊，肚子一天比一天大，瞒不住的。"

类似这样的话，如病毒般在服装厂快速散播，所有人都被传染，却没人觉得自己患病。

在流言蜚语中，程小雪成了被周宏亮包养的二奶。

可程小雪明明什么都没做。

6

"小雪被工厂开除后，我很快转正了。不知道为什么会这样，也许是小雪跟周经理说了什么。"

温筱晴说这句话时，考虑到程祚山的感受，多少有些难以启齿。

"你认为小雪跟周宏亮有不正当关系？"程祚山问。

"我不确定。"

"如果只说你自己的判断呢？"

"周经理对小雪确实有些过于关心了。"温筱晴不希望自己的话太过主观，"之前小雪奶奶过世，她从西平回来时，周宏亮甚至开车去火车站接的她。"

"你怎么知道的?"程祚山怀疑道。

"我亲眼看到的。你知道我每个周末都要回嘉兴,小雪回到上海那天,我正好也回来。"温筱晴随即又为自己辩解道,"这件事我没跟别人提过。"

"所以,你跟小雪之后就再没说过话?"程祚山仍有怀疑,"服装厂论坛上的帖子是你发的吗?"

"当然不是!"温筱晴否认道,"论坛之前还有别的帖子,只不过后来被厂里删除了,传言也是从小雪拍产品图册那天开始出现的。"

看来网暴发生的时间比程祚山知道的还要早,只是那时关于程小雪与周宏亮的关系,还只是含沙射影的流言,直到照片曝光,成为众人眼中的实证。

"我还听说,之前有名女工也出过类似的事情,周经理名声不好也是从那件事开始的。当时我跟桃子都还没进工厂,但胡姐是厂里的老员工,要不你去找她聊聊?"

胡钰姗。

那是程祚山怀揣的那张纸上写的最后一个名字。

7

胡姐的全名叫胡钰姗,早年从湘南来上海打工,那时跟程小雪现在的年岁相当。她在老家有个处过几年的男友,但对方家对胡钰姗颇有微词,归根结底是因为胡钰姗有个入狱服刑的杀人犯父亲。

胡父在湘南犯的是个大案子。当时公安局接到报警电话,得知在三合生产大队发生一起奸杀案,经调查,作案者就是同一生产大队的胡父。胡姐这辈子都忘不了父亲被铐走时的样子。

很快胡父就被法院以强奸罪和故意杀人罪判处死刑并执行枪决。

这件事闹得沸沸扬扬,几年过去了,仍是热议话题。胡姐留在老家,就得顶着杀人犯女儿的名头,于是决定与男友分手,孤身一人来上海打工。

可让她没想到的是,男友也是情种,不顾家人反对,到上海来寻她,两人历经磨难,终于结婚生子。

只是胡姐命途多舛,丈夫早逝。她未改嫁,独自拉扯儿子长大成人。原本一家人住在松江老城那套两居室里,之后儿子结婚,孙女出生,房间变得拥挤起来。胡姐吃了半辈子的苦,不想再帮着带孩子,于是从家里搬出来,找了这份能解决食宿的工作。

周末偶尔会回来陪孙女玩耍,去附近菜市场买菜给家人做饭。与程祚山见面时,她刚在家中吃过晚饭。

天已经黑了,两个人在小区花园里找了张长椅坐下。她听程祚山简单讲述了这两日的调查结果,从胡姐的表情可以看出,她对程小雪至今不明下落的担忧。

"温筱晴说,那件事只有你清楚,我想了解一下情况。"

"现在回想起来,她的情况跟小雪的遭遇差不多。"胡姐沉思起来,她之前并未觉得秦晓晓的事情蹊跷,现在想来却漏洞百出。

"也是先传出一些流言蜚语,有人说看见秦晓晓上了周宏亮的车,然后厂里的女工就开始有传言,说亲眼看到他们进了马路对面的招待所。"

"后来呢?"程祚山眉头紧皱。

"事情越传越邪乎。直到有一天,我们在车间上班,秦晓晓突然从外面跑进来,衣服都被扯坏了,脸上的妆也花了,说周宏亮要强奸她。"胡姐现在想起还心有余悸,"保安科的人过来把她拉出去了,第二天家人就把她宿舍里的东西收拾走了。"

程祚山能想象出当时的画面。

"都说周经理用钱把事情摆平了,"胡姐低声道,"但具体是怎么回事,怕是只有当事人才清楚。"

"没人报警吗?"

"当事人都没说什么,而且厂里的女工谁也不想拿自己的工作冒险。周经理岁数又不大,能坐上现在这个位置,多少跟他老婆有点关系。"

"那个女孩的联系方式还能找到吗?"

"三年前的事情了,以前的电话不知道还能不能打通。"

说话间,胡姐翻出秦晓晓之前的电话号码,当着程祚山的面拨过去,已经成了空号。

程祚山知道线索到这里断掉了,他现在掌握的只有证词,缺乏证据。

"帖子,知道是谁发的吗?"

胡姐摇了摇头,随即说道:

"这件事当时人事处说要查,但查没查,我们也不清楚。"

8

程祚山没回招待所,他又去了趟网吧,再次用吴彦霖的账号浏览论坛上的帖子与评论。点开发帖用户的头像,资料中除标注了性别,就连昵称也是系统随机生成的。程祚山想知道那个用户还发过什么帖子,不断翻找,却查不到任何线索。

他突然想起吴彦霖说过的话:一个手机号只能注册一个用户名。

也就是说,通过论坛系统后台,至少能知道用户注册账号使用的手机号码。既然程祚山能想到,那么人事处一定不会遗漏这个线索。

只是要找到刘文栋确认信息,至少要有他的联系方式。

吴彦霖跟周宏亮应该有,但程祚山在潜意识里不想通过他们联系刘文栋。

他突然想到之前在人事处用手机拍下的照片,里面除了程小雪的入职申请,似乎还拍到了刘文栋的名片。放大手机中的照片,像素不高,但隐约能够辨认出号码。他尝试拨过去,几秒钟后,那边响起程祚山听过的声音。

"是刘科长吗?我想跟你见一面。"程祚山担心刘文栋会拒绝。

"不能明天说吗?现在已经很晚了。"那边沉默了几秒,突然问道,"你在招待所吧?"

"没有,不过从这里走回去,也就十几分钟。"

"正好我也有事要跟你讲。"

程祚山没想到事情会进展得如此顺利,他正要下机离开,又想起了什么,于是拿出手机将电脑屏幕上发帖用户的头像与用户名拍了下来。

等他步行回到晨龙招待所时,刘文栋正在大堂的沙发上坐着。

"我们上楼说吧。"

刘文栋径直向楼上走去,程祚山跟在后面。

很明显,他知道程祚山住在哪个房间,或许刘文栋对程小雪之前在这里居住的情况也了解。这间接证明刘文栋同周宏亮之间的关系很近,或许从他身上能找出更多的线索。

刘文栋进入招待所房间,先将桌上的矿泉水倒入热水壶。

"当时调查发帖人的事，周经理没让保安科介入。你也知道，做出这样的事情，清洁人员和保安科最有嫌疑。他在外面找了一家公司，对工厂的公共浴室和女卫生间做了排查，结果都发现了摄像头。"刘文栋有些难以启齿，"这种行为肯定是违法的，周经理让我在网上联系卖家，我通过社交软件进了一个视频推销群。"

刘文栋从他带来的包里，拿出了笔记本电脑。

"视频只有画面没有声音，我觉得有些内容或许能够帮到你。"

视频中公共浴室里有不着上衣的女工。刘文栋有些尴尬，咳嗽两声，拖动视频进度条快进。直到瞧见有衣着整齐的女工撬开一个储物柜，从里面将所有衣物拿走。几分钟后，程小雪来到被撬开的储物柜前，很明显，之前被偷走的就是她的衣服。

"你之前为什么没说？"

"这件事要是传出去，厂里的女工一定会要求赔偿，几百人啊，光着身子全被录下来了，闹大了会对工厂的名誉有影响。"

"是谁安的监控？"程祚山疑惑道。

"吴彦霖。"刘文栋脱口说道，"前天带你来人事处的那个保安。"

吴彦霖？

"还有周经理跟你女儿的照片。"刘文栋将存储在电脑里的照片打开，"正好是从服装厂门卫室的角度拍的，我查了一下，那天值班的保安也是吴彦霖。"

"也就是说，他认识发帖子的人？"程祚山脑袋慢了半拍。

"也有可能，他就是发帖子的人。"

"他为什么要做这样的事？"程祚山无法完全相信刘文栋，刘文栋也察觉到了。

"你不相信我说的话？"刘文栋问。

"毕竟你的立场跟之前有些不同，我第一次去厂里找你的时候，你把离职的责任全部推给了小雪。"

刘文栋认为程柞山对他产生的偏见，类似于一种心理催眠。他记忆中程柞山来人事处的时候，自己虽然说不上热情，但也不至于气急败坏。而且他当时不耐烦的语气几乎全部针对吴彦霖，知晓吴彦霖的作为，却又不能直接告诉来找女儿的程柞山，只能先将程柞山赶走。

"如果我那天的态度让你有所误会，我道歉。"刘文栋将烧好的热水倒入保温杯，"但也希望你能理解，我们这些在下面做事的人，要替厂里考虑和打算。"

他走向电脑，用眼神询问着程柞山是否可以继续，程柞山点了点头。

刘文栋点开新的视频，是由上至下拍摄的，正好能看到卫生间隔间里的景象。本以为和公共浴室的视频一样，但程柞山发现这段视频并非连续性影像，而是碎片化片段。

"关于程小雪被服装厂同事欺凌的事，我们之前也调查过，这是跟事件有关的一些影像，我们剪辑过了，对视频里的女工也都进行了内部批评和扣薪处分。"

视频完整拍下了那些女工在卫生间隔间写下侮辱性话语的片段，有些女工的样子似曾相识，那天程柞山在食堂门口见过。

有些人还曾与程柞山有过对话，他瞧见了负责清理卫生间的清洁工鹃姐。

她用刀刻着在视频里瞧不见的残酷言语。

刘文栋看出程柞山的困惑，他敲了下键盘，视频暂停播放。

"这是我们剪辑过的视频，之前鹃姐对隔板上的字迹进行过清理，只是后来难听的话越来越多，也越来越不好擦，或许是有些怨言吧,又不知道是谁干的,只能把气撒在你女儿身上。"

程祚山没答话,他敲键盘让视频继续播放。

之后程祚山在视频里瞧见了程小雪,看到女儿用力擦拭隔板上的字迹,又从卫生间跑出去,拎着油漆桶回来,将油漆用力泼在隔板上。她双膝跪在地上,最后被接踵而至的保安带走。

"你之前说要考虑工厂的声誉,现在为什么又把视频拿给我看?"程祚山以为他的目的与吴彦霖一样,"你想要多少?"

刘文栋的表情明显不悦:"你这么说可就有些冒犯我了。"

"冒犯吗?比起你们对这件事情的隐瞒,我已经算是客气的了。"

"这件事牵涉到方方面面,你从服装厂离开后,周经理就打电话给我,让我将跟程小雪有关的资料整理好。之前选择隐瞒,也考虑到一些社会人员的因素,但现在,他希望你能了解实情。"

"为什么周宏亮不来跟我说?"

刘文栋笑了笑。

"原本他要来的,但听说你们上一次的谈话不是很顺利。"

"之前员工培训的事情,也是你负责的吧?"程祚山突然转移了话题。

"怎么又提起培训的事情?"刘文栋面露疑惑,"没错,是我负责的。"

"据我所知,小雪没有填写申请表,为什么培训名单上会有她的名字?"

刘文栋并不准备隐瞒:"是周经理的意思。"

"他为什么要这么做?"

"我是科长,他是经理,没有下级问上级理由的道理吧?我们要做的,是把上级安排的事情办好。"

"为什么被替掉的人是温筱晴?"

这个问题刘文栋好像不准备立刻回答，他在权衡将实情说出后可能会引起的后果。

"我跟温筱晴是老乡，大她十五岁，这些年在服装厂，她是我见过的最努力的员工之一，后来也从老家的朋友那里打听到，她有个女儿。"

刘文栋将已经凉了的茶水咕嘟喝下几口，拧紧杯盖，双手紧攥着保温杯。

"要我加上程小雪名字的人是周经理，而剔除温筱晴的人是我。"刘文栋生怕程祚山将这件事泄露出去，"这件事我希望你能帮我跟周经理保密。我是人事部门的主管，按温筱晴的履历，就算是直接提管理岗位，我想别人也不会有异议。"

能够直接升迁，当然就不需要这次培训的机会。

只是这件事刘文栋并没告诉温筱晴，他选择将温筱晴剔除，也是为了撇清他对温筱晴动的心思，免得从人事处传出一些流言蜚语，对温筱晴造成影响。

"做事还是要讲规矩的，领导既然要插个人进来，那就得减去一个，指名道姓让你去做，难道你不听吗？"

没想到，这件事会造成程小雪与温筱晴之间的误会。

"总之，情况就是这样。有些资料我还没整理完，周经理的意思是要把这些证据送去派出所。本来想明天再跟你说的，可是我能理解你找不到女儿的焦虑，就先来拜访了。"

送刘文栋走出房间，程祚山将招待所的房门反锁，他需要一点时间来梳理之前收集到的所有信息。

所有矛盾都源于程小雪为亭唐服装厂拍摄产品图册一事。

按照周宏亮的话，程小雪年轻、漂亮，适合上镜，所以才向她提出拍摄产品图册邀请的。

这是流言蜚语的基础，流言蜚语的对象要足够年轻、足够漂亮。

这本来是女孩的优势，却使程小雪成为某些人眼中的肉中刺。

程小雪遭受排挤，搬出寝室，在招待所租房住下。周宏亮定期来这里了解她的精神状况。之前何桃跟程祚山提到过吴彦霖跟程小雪借钱的事情，或许最初传出流言的人并非吴彦霖，但拍下周宏亮与程小雪的照片并传到论坛上的人却是他。

发布帖子使用的不是吴彦霖的个人账号，刘文栋通过注册账号的手机号能够联系到的，是出售偷拍视频的卖家。

应该与服装厂提到的社会人员有关。

流言慢慢发酵，加上程小雪没来由地出现在培训名单上，正如温筱晴所说，虽然没有确凿证据证明周宏亮与程小雪存在不正当关系，但种种迹象又表明他们之间有着不道德的行为。

周宏亮是成功男士，名校毕业，谈吐斯文，有着不错的收入，又是可以帮到程小雪的上级领导。程小雪独自在异地，生活辛苦，在工厂被众人指责时，周宏亮又处处维护她。

最终事情才会演变成现在的样子。

程祚山用力将房间的垃圾桶踢翻，先不管周宏亮同女儿的关系，确定无疑的是，吴彦霖偷拍视频又上传到网络，明明知情，却一直欺瞒自己。

接下来，他要把吴彦霖约出来见面。

只要给钱，吴彦霖一定不会拒绝。

"有件事需要你帮忙，这次我会准备好现金，具体细节等见面后再说吧，跟上次一样，在老地方等我。"

程祚山没想过见到吴彦霖要说什么。

他将招待所的玻璃烟灰缸揣进斜挎包里，窗外夜色已笼罩大地。

9

　　中午从晨龙招待所出来，吴彦霖虽然饱腹，却为借款和接下来的生活费头疼。

　　赌博的本金已全部输光，周围也没有能再借到钱的人，现在的他还能去哪儿呢？

　　吴彦霖记得附近有新开的楼盘，售楼处有兼职发传单的工作，现在过去的话，一下午能挣到五十块，可这笔钱对于他现在的处境而言毫无帮助。

　　如果当初的拆迁款没有被他挥霍掉，他现在应该正过着充裕的日子吧？也像周宏亮那样，开辆不错的汽车，找一份普普通通的工作，或许那样他就不会被程小雪讨厌了。

　　对程小雪有好感的，并非吴彦霖一个。

　　服装厂的男工应该没有不喜欢程小雪的吧？虽然表面上看不出来，但他们私底下会讨论。程小雪来工厂前，他们讨论的对象是何桃，常常主动约桃子出门聚会，以寻求可乘之机。

　　程小雪跟何桃不同，是那种只可远观的女孩。男工无法像对桃子那样，幻想与她交欢缠绵。程小雪对于他们来说，就像天下雪，云下雨，枝生叶，叶生花，是自然感，只能远观。

　　直到程小雪那天去办公楼四层影棚拍摄，这一切就都改变了。

　　拍摄结束，吴彦霖看到周宏亮开车出门，程小雪就坐在汽车后排。

　　她怎么了？出了什么事让程小雪露出那样悲伤的表情？

　　之后几天，程小雪没有在服装厂出现，人事处只说小雪请了事假。吴彦霖那几天甚至没有心思去赌。

她不该跟周宏亮走得那么近,他是有家室的人。周宏亮也不该对程小雪那么好,那是对大自然的人为摧毁。

吴彦霖心跳得厉害,他产生了某种肮脏而又无耻的想法,试图寻找机会撕破程小雪的外衣,如强盗般闯入大自然。但他不具备那样的勇气,如果自然迟早会遭到破坏,那个人至少不应该是周宏亮。

房子、车子、家庭、事业……周宏亮已经拥有得太多,不能再让他得到一个完美无瑕的程小雪,虽然吴彦霖并不清楚,程小雪是否真的完美无瑕。

赌鬼会有很多下三烂的朋友,只要有利可图,或者说,诱惑足够大。公共浴室的监控,清晰拍下程小雪的胴体,苏泽河会反复浏览,偶尔暂停,放大静止画面,只是想将对方的胴体瞧得更清楚。

程小雪搬去招待所住,是苏泽河的机会。他本来就是没有底线的暴戾动物,伺机而动,眼看就要得逞,却遭到周宏亮的奋力阻止。

这些都是只有吴彦霖清楚的那一部分。

吴彦霖的手机响了,是程祚山打来的。

"有件事需要你帮忙,这次我会准备好现金,具体细节等见面后再说吧,跟上次一样,在老地方等我。"

吴彦霖还没来得及说话,那边已经挂断。

之前的胡思乱想全部消失,吴彦霖脑海里现在只剩下一个字——钱。

吴彦霖从宿舍离开,匆忙间,甚至忘记藏起那本服装厂新印出的产品图册。

产品图册中穿着黑色高领毛衣的程小雪,化着精致的淡妆,露齿微笑着,礼貌克制,又不失朝气蓬勃。

可此刻的程小雪,素颜,嘴角下垂。她在招待所的洗漱间里正冲刷表面没有伤痕可内心已千疮百孔的身子。

镜子里的面孔开始变化，程小雪甚至感觉自己的五官开始分崩离析，不再安分地留在脸上，招待所的房间开始扭曲变形，成为完全陌生的空旷荒原。

她试图在荒原上呼喊，可不见人烟。不知道从何处传来的笑声惊吓到了程小雪，她彻底失眠，灵魂被梦魇中的恶鬼吓得跑掉了。

她只剩躯壳，以及不断撕扯她内脏的恶鬼。

多日失眠，让程小雪开始脱发，就像白鸟被泼了一身墨水，每根掉落的发丝都是她的羽毛。程小雪突然想将头发剃光，记忆中她似乎从未做过这样叛逆的决定。她想起宁波路上的那家小理发店，想起那个说上海普通话的理发师，想起离店不远的新光电影院。

"新光"——多么好听的名字，是能够点燃长夜的光亮。

程小雪做了决定，她将招待所的行李全部收好，用的仍是当初从西平背来的书包，头也不回地向门外走去。

她要去看场一个人的电影，然后以旗开得胜的姿态，昂首挺胸，站在晾晒着白色床单的天台，如飞鸟般坠落。她没有勇气面对自己被恶意与沉默包裹的人生，她想从时间里逃走。

如果轮回真的存在，她希望不要再有来生。

她累了。

生命却是比死更可怕的,生命可以无限制地发展下去,变得更坏,更坏,比当初想象中最不堪的境界还要不堪。

——张爱玲《半生缘》

第六章
沉默的房间

1

晚上十一点，正是大排档最热闹的时间。

帐篷外有人进入，吴彦霖抬头看去，正好同程祚山的视线相遇，随即将视线移向程祚山斜挎着的帆布包。

"钱呢？"吴彦霖直奔主题，显得有些迫不及待。

"你难道没有话想跟我说吗？"

"说什么？是你找我过来的……"没等吴彦霖把话说完，程祚山突然一巴掌扇到吴彦霖脸上，力度很大，让吴彦霖瞬间从小板凳上滑下来，引得身旁人纷纷侧目。

"你干什么！"吴彦霖红着脸，眉头拧到一起。

"视频。"

"你在说什么啊……"吴彦霖意识到程祚山或许有了线索，但也可能在试探他，"什么视频？"

"你偷拍的视频，公共浴室跟卫生间的。"程祚山故意提高声调。

"你小声点！"吴彦霖从地上爬起来，拽着程祚山的衣袖，将他拉出帐篷。

拉扯间,程祚山跟吴彦霖来到旁边的巷弄,四周无人,程祚山将吴彦霖的手用力甩开。

"是谁跟你说的?"

"有什么关系吗?重要的是你做没做。"

"我也不想做这种事,你知道我欠了别人钱嘛,苏哥在松江这边是地头蛇,都是他让我干的,用偷拍的视频卖钱还赌债……"

程祚山揪紧吴彦霖的衣服,将他整个人推到墙上。

"那你发的帖子呢?"程祚山吼着,"我已经知道了,那个帖子是你发的,照片也是你偷拍的,你怎么解释?"

"我……我为什么要解释啊?"

吴彦霖双手用力向前一推,程祚山后退两步,踉跄间险些摔倒。

"帖子是我发的怎么了?我骂他们怎么了?"吴彦霖不甘示弱地说,"鬼才信他们两个没上过床。"

"你根本不了解她!"

程祚山被彻底激怒,一拳向吴彦霖砸过去。

吴彦霖摔在地上,将自己这些年积攒下的苦,全部变成了对他人的咒骂,面目狰狞。

"那你呢?了解你女儿是什么样的人吗?"吴彦霖吼叫着,"我告诉你,她就是周宏亮包的二奶!小三儿!"

程祚山从帆布包里拿出玻璃烟灰缸,用力向吴彦霖头上砸去。吴彦霖抬手一挡,烟灰缸掉在地上。吴彦霖不依不饶道:

"你被他们给耍了,还在这儿帮周宏亮出气,你也不想想,你女儿平白无故失踪,谁最有可能把她藏起来?"

"就算她真的做错事,我自己会管,不用别人说三道四。"

程祚山转身离开,吴彦霖刚才说的话并非毫无作用。

如果有人知道程小雪的下落,那么只可能是周宏亮,但他这两天一直保持沉默,是不想让程祚山知道,还是另有隐情……他突然想打电话质问周宏亮。

可程祚山现在毫无证据,对方只会矢口否认,程祚山恼怒间将名片攥成一团,紧紧捏在手里。

他一夜未眠,闭上眼脑海里就会浮现小雪十几岁时的样子,那个曾坐在他自行车上的女孩儿,那张阳光的脸突然变得血肉模糊。

而在得知这个房间女儿曾经住过一段时间,且她与周宏亮之间可能存在不正当关系后,程祚山脑海里有时会突然跳出两个人在这里缠绵的景象。

这让程祚山近乎崩溃。

在恐惧和担忧中,他根本不能入睡,于是披上外套,逃难般快速从房间跑了出去。

南方夜里雾气浓重,他在凌晨时分独自下楼,就在紧闭着的服装厂门前站着。他相信门卫室里值班的保安或许能看到模糊的人影,就像欧美电影里经常出现的特工。

他年轻时常去录像厅,跟毛超一起租香港或国外的电影看,那时程祚山迷恋《追捕》。听说吴宇森翻拍了一版,前段时间在影院公映,程祚山因料理母亲的后事,没有去看。他跟夏丽芳交往时,一起去过录像厅,但跟陈虹结婚后,从未有过闲暇看电影。

他沿着亭唐服装厂外的街道茫然地走着,试图缓解焦虑,获得片刻平静。

年轻时看《追捕》,至今记得真由美跟杜丘说:"我是你的同谋!"

女儿的下落不明,是否也同电影一样,有着曲折迷离的情节?自己最后是否也将发现一起凶杀案,抱着女儿的尸体痛哭……他妈的!

想到这里,程祚山用力将手里握着的矿泉水瓶砸向远处。外出散步并没能帮他缓解情绪，反而增加了他的恐慌。

他突然想起自己喜欢的那部老电影还有另外一个名字——《涉过愤怒的河》。

此刻的他并不知晓，深夜没有睡着的还有周宏亮。

联网后，看电影方便，只需付费办理会员。前几日没去电影院，想看的影片已从影院下线，现在已经能在软件上观看了。电影公映许可证播完，没过多久，响起一首日语歌曲跟演员张涵予的声音。

影片里，穿着米黄色西装的张涵予走入日料店，饮一杯清酒，同伪装成店员的女杀手对话：

我总能想起那些让人难忘的老电影。

这句话说完，张涵予饰演的角色莫名其妙哼起歌来。

周宏亮看不懂这样的影片，没头没尾。他之前因为亭唐服装厂的出口生意，曾去北海道短暂出过一段时间差，听当时负责翻译的留学生说，以前日本卖酒的商店叫"酒屋"。

中世时代的酒屋本业是酿酒和卖酒。直到十七世纪后半叶，才在江户出现了让客人在店里喝酒的酒屋。当时到酒屋喝酒的主要是挑担子的行商小贩、货运的马方与车力，还有武士家的仆役，他们收入微薄，却也需要娱乐活动纾解生活压力，于是便有了居酒屋。电影中的居酒屋很好看，但没了嘈杂脏乱的烟火气，亮堂堂的，让周宏亮无法看进去。

他拿起遥控器快进播放，直到美女杀手开始屠戮时才恢复正常。

还是动作戏好看，周宏亮不喜欢太长的独白，也不喜欢电影里有太多对话，台词太刻意，常常让人尴尬。

他中意黑白电影，最好是默片，演员从头到尾不说话。

此时电影里的女杀手掏出枪，正朝敌人射击，好像弹匣里的子弹永远不会用光。

周宏亮看女杀手的脸总觉得眼熟，突然想起十几年前有部叫作《秘密花园》的韩剧。

奇怪的是，这么多年过去，女演员的那张脸一点都没变老。

大多数女人不知道，除了皱纹与脸上的胶原蛋白，眼神也会暴露年纪，越年长的女人，眼神越犀利。

那是饱经生活磨砺后留下的伤痕，它将女孩变成了女人。

2

傍晚，这座城市正下着雨，时下时停。

程柞山坐在招待所的窗前，从早晨盯到下午，准确来说，应该是从昨晚盯到了现在。窗台上放着之前的旧烟灰缸，磕掉的一角朝向程柞山，他将烟灰缸挪动了一下，将缺角藏起，至少不出现在他的视线范围里。

工厂快下班时，程柞山将烟灰缸放回房间的木桌上，穿好外套，向屋外走去。

片刻后，程柞山已经坐在路边的一辆出租车里，他不在乎计价器显示的数字，双眼布满血丝，一直盯着服装厂的大门。

出租车司机不多话，这种事对他们来说并不少见，更何况现在的程柞山已经成了半个醉鬼。他上车时还算正常，只是看起来有些疲惫，像多日不曾睡觉。

他们坐在车里蹲点时，程柞山从随身背的斜挎包里掏出一瓶白酒,喝掉整整半瓶。

剩下的半瓶在等待的时间里,也被程祚山很快喝尽。司机为了散去车里浓浓的酒味,刻意把主驾驶车窗打开一些,原本想将后排车窗也摇下来,但怕惹恼程祚山,只能忍了。

也许是在抓跟老婆出轨的奸夫,司机下意识地这样想。

程祚山的身子像火烧一般,他无暇顾及司机的猜测,正反复盘算推理着这件事的前因后果——

如果事情与周宏亮有关,那么到底是像帖子里写的那样,是女儿跟上级存在不正当关系,还是像胡姐之前描述的那般,周宏亮利用个人职权,对程小雪施暴,造成女儿被迫离开服装厂?

到目前为止,好像并未出现第三种可能。

可周宏亮为什么要这么做?

如果是前者,程祚山明白,女儿失联或许是因为羞耻心,毕竟这是件不光彩的事。如果是后者,周宏亮的态度多少有些让人难以理解:将名片留给被他强暴过的女孩的父亲,还帮受害人家属支付并不便宜的住宿费,这不符合常理。施暴者应该极力撇清与受害人之间的关系才对。

或许这就是周宏亮的高明之处。

误导。

周宏亮或许想通过这样的方式误导程祚山。

没错,一定是这样。

"是那辆车吗?"出租车司机突然开口,他已经等烦了。

周宏亮的白色商务车从工厂里驶出,程祚山很快确认好车牌号,立刻让司机跟上。

跟踪过程中,程祚山的思绪片刻未停——

吴彦霖有赌博的习惯,他欺负女儿是新进厂的员工,想从她那儿骗钱,结果被周宏亮发现,周便以工作相要挟,让吴彦霖离程小雪远点,吴彦霖怀恨在心。周宏亮利用这次出手相助的契机,开始接近小雪,然后把去外地培训的机会给了小雪。之后,周宏亮利用他在工作上的职权,对小雪实施侵犯。而吴彦霖出于报复,将小雪跟周宏亮的事描述成了婚外情,还特意罗列了证据,歪曲事实,让本是受害人的小雪,成了破坏别人家庭的第三者。

一定是这样!

"拦住他。"程祚山说。

"啊?"司机不得不开口说话了,"这违反交规,要扣分的。"

"我让你拦住他!"程祚山一嘴酒气地吼道。

出租车跟在商务车后,它们正行驶在一条小道上。前方红灯,周宏亮的商务车停下。出租车司机担心事情会闹大,将车停在路边,拔掉钥匙后就从车上跑了下去。

程祚山嘴上骂了两句,打开车门,拎着喝光酒的酒瓶朝前方的商务车走去。

程祚山用力将酒瓶砸在商务车的前挡风玻璃上,周宏亮反应过来,见挡在汽车前方的是程祚山,便解开安全带下了车。

"你在干什么?"

"你知道帖子是吴彦霖发的,是不是?"程祚山一把揪住周宏亮的衬衣领口,"你到底对我女儿干了什么?你是不是……是不是欺负她了?"

"你先把手松开,咱俩好好谈谈。"

"我跟你没什么好谈的!"

借着还未从体内挥发出去的酒气,程祚山挥拳直接打在了周宏亮的脸上,两人在地上扭打起来,周围人群聚集得越来越多。

出租车司机终于带着交警赶到现场,没给程祚山反抗的机会,几名拉架的群众跟交警一起将程祚山按到了地上。

派出所给程祚山和周宏亮做笔录的是受理程小雪失踪案的民警白青青。

具体过程周宏亮基本说清楚了，程祚山酒劲还没过去，人在办公区的一张长椅上躺着，派出所民警给他盖了条毯子。

"常有人喝多了闹事，长椅跟毯子都是所里后来买的。情况我们之前也大概了解过。"白青青给周宏亮倒了杯速溶咖啡，"但是得等当事人醒了，我们才能放你走……用不用现在叫他起来？"

"让他再睡会儿吧。"周宏亮轻声说道。

"你之前提供的情况，我们已经让人去核实了。"白青青已经掌握了关于吴彦霖的一些情况，"事情本来是个人责任，但工厂瞒报，你们可就成帮凶了，要相信法律。"

"我们相信法律，但是我们不相信吴彦霖，这件事我作为厂里的领导，会好好检讨的。"

去服装厂核实情况的民警从外面走进来，身后跟着周宏亮的妻子陈莉。周宏亮瞧着妻子挺着肚子还要为自己折腾这一趟，心里突然有种说不出的委屈。

他或许不该对那些新进工厂的年轻人过于关心，该把时间和精力留给这个家庭，留给自己。如果他能活得自私自利一点，或许就不会有现在的麻烦了吧？

"现在犯罪嫌疑人还没找到，你们要注意个人的人身安全，我们会让各辖区派出所加快搜查。"

"吴彦霖有赌博的习惯。"周宏亮补充道，"工厂之前没报案，也是因为有社会人员威胁我们人事处的科长。"

"知道对方的身份吗？"

"苏泽河，都管他叫苏哥。"

"戴眼镜，个子不高，对吗？"白青青显然认识对方。

"对，之前他还带人来工厂闹过事，我当时为了息事宁人，还给过他们一笔钱。"

"你们呀，这叫姑息养奸！"白青青叹了口气，"既然跟他有关，那事情就好办了，苏泽河私设赌场，前两天被我们抓了，我们会跟他把情况了解清楚的。"

躺在长椅上的程祚山佯装酒醉睡着，他的耳朵却竖起来，偷听着周宏亮与民警的对话。

意识到这回真的是大错特错，在没想好如何应对前，他并不打算"醒来"。

到底是哪里出了问题？

又或者说整件事从一开始就走错了方向，明明要去北方，却一路向南，最后让他离真相越来越远？

"咳！"

程祚山突然感到喉咙发痒，他用力咳嗽，借机"醒"来。他戴着手铐，努力把身子坐直，与距离不远的周宏亮对视。

"确定不起诉他吗？"

白青青再一次核实。

"就是朋友间闹了点误会，而且也没受多重的伤。"

说话间，周宏亮已经在和解文件上签下自己的名字。

3

程小雪如阳光下可见的浮尘，并不起眼，奶奶去世后，她沉默如一潭死水，不承想，会有人往死水里丢入石头。

她看到服装厂论坛上的帖子，是在制衣车间有了流言蜚语之后。程小雪下工后回到寝室，她原本一无所知，何桃拿手机过来询问情况，她才瞧见论坛里的帖子与评论里的谩骂。

帖子里的内容无非是说她在唱歌比赛时被服装厂高管注意到，为了物质与升职而与高管发生关系，所以产品图册的拍摄工作与去外地培训的机会才会落在程小雪身上。

大部分人只是在帖子下面附和或是发问。

程小雪试图将事情的经过说清楚，但胡姐认为没必要理会，有些人爱嚼舌头，不如安静等待风头过去。她听从胡姐的建议，不去辩解。可令所有人没想到的是，这件事愈演愈烈，论坛上的谩骂逐渐演变成生活中的霸凌。

程小雪同往常一样，与其他女工一起进入车间，原本属于她的工作台上已经堆满了垃圾。温筱晴因培训的事对程小雪心生嫌隙，换作以前，她一定会拍桌子骂人，要揪出始作俑者，可此刻温筱晴却沉默不语。

程小雪杵在原地，那些议论声越来越大，她听到了"婊子""不知廉耻"之类的话语。制衣车间的举架很高，程小雪却突然感觉喘不上气来。

她向厂房外跑去。

她只想避开人群，躲到不易被人发现的角落，不知道跑了多久，那双腿疲软又伴随剧烈抖动。保安科的巡视员以为厂里进了小偷，悄悄靠近，这才看见像老鼠般蜷缩起身子的小雪。

"你没事吧？"

程小雪不答话，保安善意的询问，在她眼里像是一种讥笑般的嘲讽。

她最终还是按捺不住委屈，在论坛的帖子里进行了回复，可她的解释只会遭到围攻、讥笑、诋毁，于是最终噤声。

胡姐说得没错，她本来就不该发声。她像鱼一样在水下只见开合却不被听见的嘴，无从辩解，只能忍受。

食堂平时也有笑声，热闹，愉悦，不会遭人反感，现在听起来却刺耳、难听，字字带有恶意。程小雪只能躲藏，避开人群，避开阳光，彻底沦落为潮虫、蟑螂般的人。

事情引起了工厂管理层的高度重视，周宏亮是流言蜚语的另一个对象，由他发表声明容易引起猜忌，所以员工大会由人事处的刘文栋主持。

"我希望大家能够明白，厂里今天开会的目的不是要追究某个人或某群人的不当行为，而是想告诉大家，不要去相信一些没有实质证据的流言恶语，发布这种不负责任的帖子是违法行为，厂里不会姑息，会一查到底！"

刘文栋清了清嗓子，用手指了指制衣车间天花板的角落，监控摄像头正闪烁着红灯。

"看到那是什么了吗？是谁把垃圾倒在同事工作台上的，工厂现在已经掌握了充分的证据，希望你们能就此收手，这是工厂也是受害人在给你们改过自新的机会。"

程小雪是否原谅了施暴者，至少她本人没有表达过这样的意愿。

她想看厂里的监控录像，想知道是谁对她做了这样的事，但是保安科有上级的指令，暂时保密。刘文栋也专门找到程小雪，以加薪的方式，希望程小雪考虑工厂的企业形象，不要让这件事继续发酵下去。

自己应该接受吗？

温筱晴没有表态，但在何桃跟胡姐的劝解下，程小雪接受了与工厂和解的条件。

大会过后,事态暂时平息了几天,但程小雪的日子并没因此而变得好过起来。起初是她放在洗衣房的衣服被人洒上了酱油,之后她晾晒的内衣被人故意剪坏、剪碎。

程小雪这才意识到,原来欺凌这种事是会传染的。

如果没有那场郑重其事的整治大会,或许事态不会加剧……但也有可能比现在遭遇到的更加恶劣。

那天,程小雪第一次看到卫生间隔板上写着辱骂她的话,她用沾水的双手去擦,字迹被擦花,她的双手也染上了颜色。

有女工偶尔偷懒,会在工作时间去厕所抽烟。她们瞧着在隔间里站着擦拭字迹的程小雪,眼神带着愤怒与看不起,像是要将她身上穿的衣服一件件扒光。

程小雪低着头从卫生间仓皇逃出。

她明明没做错任何事,可此刻逃走的样子,像是那些事真的在她身上发生过。

在公共浴室中,程小雪洗刷着自己的身体,如同要将隔板上的字迹擦掉,身上被澡巾搓红,何桃及时制止,才没让皮肤继续遭受折磨。

等她们结伴从洗浴间走出,程小雪存放衣物的储物柜却被撬开,里面留下了手机跟证件,不见的只有衣物。程小雪环顾四周,更衣室里的女工都若无其事,偶尔有人朝她看过来,也会很快移开视线。

"究竟是谁干的?"何桃有些愤愤不平。

程小雪试图张口,却不知道该说些什么。

恶言变本加厉,原来真的会发展成为恶行。

可她面对恶行,此刻却无能为力。

光着身子的程小雪,身上只裹着一条浴巾。何桃回宿舍帮程小雪取衣服,温筱晴站在旁边刚将衣服换好,程小雪用求救的眼神看向她,她却别过头去,没有理会,自顾自地穿上外套从更衣室走出。

那是压倒程小雪的最后一根稻草。

曾经最信任的人,突然将她抛弃。

程小雪想起十几年前在西平市民政局门口,同样头也不回地径直离去的母亲。

亭唐服装厂公共卫生间隔板上的字越写越多,这里没有监控,于是写下恶言恶语的人可以完全没有顾忌。

鹃姐将污水倒入洗手池时,闻到隔间里有刺鼻的酒精味,赶紧跑出去呼叫援军。

隔间反锁的门被打开,程小雪从里面走出,也向走廊跑去。

程小雪从工厂的制衣车间横穿过去,女工并未停下手上的工作,除了同寝室的三名室友短暂侧目,再无人关注。程小雪从侧门走出,直接奔向办公楼。楼体外立面刚刚粉刷了新漆,准备再用红漆刷上宣传口号,那几桶漆就放在楼梯转角处。

等程小雪拎着油漆桶再次进入厂房时,所有人都停下了手里的工作,交头接耳起来。桃子担心小雪,最先起身离开座位,随即越来越多的女工从自己的位置上离开,一窝蜂地拥向卫生间不算宽敞的走廊。

车间里只剩下那名头发花白的老员工,她正戴着耳机收听广播,听不到工厂里流言蜚语的喧嚣,只踏实做着自己手里的工作:用缝纫机将衣服边缘缝好。

表面上她是在将衣服缝好,可从另一个角度说,是一块布料已经被毁坏得不成样子。

如同野蛮生长的灌木被人修枝,只是看上去美观,可在此过程中不知道遭受了多少苦难。

程小雪将油漆用力泼向隔板与周围的墙面。

等发泄完,她突然跪到地上,自己明明是受害者,却像凶手般看着自己沾满红漆的双手。

卫生间用来整理仪容的镜子,刚才被油漆桶砸碎,里面反射出在卫生间门口站着的女工们。

有些人在看热闹般地笑,有些人正用手机拍照录像,有些人交头接耳,有些人面露担忧却又无所作为,一张张脸破碎而扭曲,像有无数恶鬼藏在人的躯壳中,借由破碎的镜面抵达世间。

哀鸣从程小雪口中发出,能唱好听歌曲的嗓子,此刻已然哑了。

程小雪的工作服上沾满了红色油漆,手上跟脸上也有,像个流浪画家。保安科的人瞧着一言不发的程小雪,不知道如何是好。如果选择报警,房间里的几名保安之前还曾嬉皮笑脸地给程小雪发过骚扰短信,他们不希望把事情闹大;当作无事发生,可事情闹到这个地步,想完全掩盖怕也不太容易。

周宏亮风尘仆仆地从外面赶回来,他瞧着失魂落魄的程小雪,向保安科科长了解了情况。

简单的叙述,不足以让眼前的周经理明白事情的严重程度。

保安科科长带周宏亮去服装厂的卫生间看了一眼,夜里不同于白天,昏暗的暖黄色灯泡照在被泼了漆的墙上,显得有些阴森森的。

问起原因,科长支支吾吾,他找来清洁工鹃姐讲述细节。

"之前隔板上就写了一堆不好听的话,根本擦不掉,这件事我跟巡视员反映过,他就说了句知道了。"

"谁负责巡视这个区域?"周宏亮有些不悦。

"吴彦霖。"保安科科长小声答道。

"吴彦霖?你让他巡视服装厂的女卫生间?!"周宏亮的火气彻底压不住了,"他是个什么东西你不清楚吗!"

"就因为他不是个东西,软磨硬泡,非得把这活儿揽到自己身上。之前我就让厂里开除他,是你们领导不想惹刺头,非把他留下来,我这一把年纪了,哪惹得起他啊!"保安科科长为自己叫冤道。

吴彦霖为什么要这么做?周宏亮心里产生了不祥的念头。他仔细检查女卫生间的每一个角落,发现隔间正上方的排风口有极微弱的光点闪烁着。

保安科科长很快搬了把梯子过来。周宏亮顺着梯子爬上去,拉开排风口的挡板,在通风管道里藏着一个微型摄录机。

没等他们找吴彦霖进行质问,便有保安急匆匆跑过来,说刚才程小雪疯了般在厂区砸东西,没人拦得住,也不敢去拦,现在跑到楼上的天台上去了。

周宏亮这时也顾不上吴彦霖了,急匆匆地往楼上的天台跑去。

吵吵嚷嚷声,几乎让全厂女工聚到了程小雪所站立天台的下方,有些人还不忘嚼舌根:

"看着了吗?始乱终弃,没想到遇见个寻死觅活的主儿。"

"操你妈!"没等说闲话的人反应过来,温筱晴就一脚踢到那人的后腰上,直接将对方踹了个跟头。

"桃子!"

胡姐拖着笨重的身子往楼里跑去,何桃顾不上温筱晴那边,紧跟过去。

楼下的喊叫声并未因此停止,反而愈演愈烈,难听的话一句接着一句,为了让站在天台上的程小雪听清楚,说话者故意提高声调。

那些说出口的话,跟写在卫生间隔间里的一样脏。

这段时间,不愿放过程小雪的除了梦魇,还有她自身的好奇,就像一个房间里住着两个人。

一个畏惧流言,蜷缩起了身体;另一个又好奇事态此刻发展到了何种境地，期待有人在恶言恶语面前为她辩护，为她与丑陋抗争到底。

确实有这样的人，虽然寥寥无几，但那些评论在替程小雪发声。

根据用户昵称，程小雪不难推测出对方的身份：

以脏话抨击流言的是隐藏在知书达理外表下的温筱晴；用感叹号表示那些看客根本不清楚真相的一定是何桃，感叹号是她发信息的习惯，似乎是在强调她的话不容反驳；胡姐爱用齿叶四季桂做头像，因为她父亲叫胡四季，母亲叫陈桂花，父母相携度过数十载，所以她将四季桂当成幸运树。

程小雪似乎对生活产生了某种误解，她并未察觉到，周宏亮正慢慢向她走近。

"小雪。"周宏亮轻声说道。

程小雪不答话，周宏亮鼓足勇气向她走去。

"我真傻。"意识到有人在她身旁坐下，程小雪开口说道，"坐在这里，才看清楚人原来这么小。"

她突然想到，如果从这里跳下去，得偿所愿的只有那些看热闹的人，他们会四处跟人去讲——看，有个女孩之前从这儿跳楼死掉了，而罪恶感只会留给那些曾经帮助过她的人：因为没能尽善到最后，导致花季女孩死去。

程小雪不想恩将仇报。

没等周宏亮劝慰，程小雪重新站起身，与正站在楼下的人群对视，时间短暂凝固，最终她头也不回地向楼梯方向走去。

留下不明所以的众人面面相觑。

4

招待所里的空调开着,房间不大,周宏亮为避开风口直吹,把屋里无靠背的板凳放到门口。他坐在板凳上,背半弯下来,手臂架在腿上,双手交错在一起揉搓着。

他继续向程祚山讲述道:

"那天程小雪从天台上走下来,我把她送回招待所,本想打电话给她的室友,却被你女儿拦下了。"

"为什么?"程祚山问。

周宏亮摇了摇头,他确实不了解原因,也从未深究过。程祚山陷入自责中,周宏亮早已跟他讲过真相,只是他那时不愿相信。

"在天台上,你跟她讲了什么?"

"我什么都没说,是小雪自己决定的。你女儿说她想明白了一件事。"周宏亮将脊背挺直,"她的死活,对楼下那些人来说,只不过是一场热闹,是茶余饭后的谈资。"

"嗯。"程祚山不知该如何接话,只好聊另外的话题,"吴彦霖是怎么回事?"

"刘文栋给你看过视频了吧?"

"他用那些视频威胁小雪了?"

"他确实勒索过别人,不过不是你的女儿,而是何桃。"

"小雪的室友?"

"还有其他人。"周宏亮想到了一些让他不太愉快的事情,"你听说了吧?"

"嗯?"

"之前住在程小雪宿舍的那个女孩。"

"秦晓晓？"

这个名字，程祚山还未来得及求证。

"她也被吴彦霖勒索过。"周宏亮说出实情，"她的情况跟何桃差不多，吴彦霖用视频威胁她，让她引诱我出轨。"

"你做了吗？"

"没有！如果我做了，那么被威胁的人就会变成我。那个女孩到处跟别人说我侵犯了她，有人想要搞臭我的名声。"周宏亮并不打算回避这件事，"当时我刚来服装厂从事业务工作，从保安科科长那儿听说了一些事，厂里经常会发生盗窃案，但从来没有报过警。"

"为什么？"

"监守自盗。"周宏亮紧皱眉头，"保安科有几个游手好闲的混混，是靠关系进厂的，身上都有案底。"

"跟那个叫苏哥的有关？"

"听说附近工厂的情况也都差不多，"周宏亮继续说道，"我跟保安科的老马在库房偷偷装了监控，有了他们的犯罪证据后直接报了警。厂里的保安换了新的一拨人，但从那天开始，我的生活就彻底乱了。"

"他们骚扰你了？"程祚山不清楚，但能猜到个大概。

"车胎被人扎漏，办公室也被人撬过，再加上秦晓晓的那件事……总之是麻烦不断。"

周宏亮回想起那段时间，仍然有些后怕。

"这件事也牵连到我的家人。于是我让吴彦霖约苏哥出来，想息事宁人。他开出的条件是一笔赔偿金，以及保安科以后仍然要用他的人。不用上五险一金，只需按月发工资，但其实他的人根本不来厂里上班。"

"保护费？"

"他们把这叫管理费,来厂里上班的保安大部分都欠苏哥赌债,吴彦霖就是其中一个。当时我跟苏哥谈好,他会管好手下的人,不让他们在厂里偷东西。但我不知道他会让吴彦霖在卫生间跟女工公共浴室安偷拍设备,把视频卖给一些违法网站来牟利。"

"所以你发现这件事后没有报警?"程祚山虽然能够理解,却仍有怨气,"可你们这么做,根本不是在解决问题。"

"我不想惹麻烦,我太太你也见到了,现在还怀着身孕。"周宏亮略带歉意,"程小雪的事情,我们处理得确实不得当,但说实话,您作为父亲,也没尽到责任。"

程祚山不答话,他从口袋里摸出烟来,抽出一根递给周宏亮,随即划着火柴,点燃另一根抽了起来。

"我承认,我这个父亲当得不合格。"

"小雪接受心理咨询后,跟我提过,她特别在乎别人的评价,很多事情即使不愿意做,也因怕别人失望而勉强自己完成。厂里当时办的唱歌比赛就是个例子,其实小雪本来是不想参加的。"

周宏亮的话,让程祚山意识到,在女儿成长的过程中,他不期望、不要求的态度,反而让程小雪感到无措。

没有期望便不见方向,没有出路就只能泥足深陷。

父母对孩子完全不做要求,在程小雪眼里,却是另一种态度——不负责任。就算不期望孩子成绩优异,至少也应该期望孩子身体健康吧?程小雪的判断没错,一个对孩子没有任何期望的父亲,一个在她四岁那年离开便再无联络的母亲,他们确实不是程小雪在遇到困难时可以求助的对象。

"孩子出生后才发现做父母原来这么麻烦,我以前只想躲开。"程祚山小声回应。

"我也是个父亲,正因为有了孩子,才想承担起更多的责任,就算之前的事业或是为人一败涂地,为了成为孩子能够信任的榜样,也要强撑着,不让自己倒下去。"

周宏亮不抽烟,只是将程祚山递过来的烟拿在手里。他的手机突然响了,妻子来电告诉他,她已安全抵家。

陈莉怀着孕,不能过于劳累,之前周宏亮与程祚山打架,派出所的电话着实把她吓得不轻。

"你爱人没事吧?"程祚山歉疚道。

"没事,在她父母那儿。"周宏亮并不责怪,"其实小雪之前离开工厂时,我想过联系你们。她的紧急联系人填的是您母亲,但我知道,您母亲已经过世了。程小雪又不肯说出其他家人的联系方式。"

"我母亲的手机,在葬礼结束后一直没找到。"

"在程小雪那儿,应该是她上次回老家的时候带回来的。"周宏亮往背后墙壁上靠了靠,"听她的室友说,程小雪总是翻手机里之前奶奶给她发的短信,有段时间还会用奶奶的手机给自己发短信。"

"是吗?"程祚山情绪有些低落。

"她的室友没听小雪提过您,就想着是不是您跟小雪之间出了什么问题。"

周宏亮没有直说,但程祚山听明白了,他说的问题无外乎是家暴或者其他够得上犯罪的恶行。程祚山默不作声,他第一次到服装厂的时候,带着给女儿买的手机挂件,原想扮演一个让人感到温暖的父亲。

不想早在他抵达前,就已被别人揣测成了另外的样子。

能出什么问题呢?

程祚山知道,最大的问题是自己对女儿不够关心,但在周宏亮和女儿室友的眼里,这个问题已经被无限放大。

程祚山没有资格批判别人的偏见和主观臆想,因为他自己也犯了同样的错误。他曾将周宏亮想象成一个利用职权对程小雪实施侵犯的犯罪嫌疑人。

现在一切都能说通了。

如果周宏亮不把这些事告诉程祚山,他永远不会想到背后的原因会如此复杂。但归根到底,周宏亮说的这些话,只是想让程祚山明白整件事的前因后果。

根据之前程祚山在派出所偷听到的,那个苏哥已因涉赌被警方逮捕,但只要没找到吴彦霖,便没有证人能将服装厂发生的事与苏哥挂钩。

程祚山不想操心这个问题,他不是警察,不负责抓捕犯人,他只想知晓真相,找到自己的女儿。

这才是他来上海的唯一目的。

想到这里,程祚山把烟掐灭问道:

"小雪在哪儿?"

"不知道。"周宏亮叹了口气,"她被工厂开除后,接受过一周的心理治疗,后来她说打算回老家,我还开车送她去了火车站。如果不是你这次来厂里找,我到现在都不知道她已经失联。"

也就是说,现在没人知道程小雪的下落。

程祚山沮丧起来,这几天累积的压力,让这个中年男人再也支撑不住,发出长长的一声叹息。

程祚山送周宏亮走出招待所,目送那辆商务车从院子驶出,他突然感到饥肠辘辘。这几天他四处奔波,一直没有踏实过,虽然弄清楚了事情的原委,但小雪还没找到,如果不吃饭,身体怕是挺不了多久。

虽然周宏亮说过,招待所有餐厅,但程祚山看过菜单,对他来说,这里的菜太贵了。

程祚山突然想起之前在网吧有人跟他提到过的大众浴池。

那边有一排门市，程祚山记得好像有沙县小吃，于是步行过去。

点了两笼柳叶蒸饺，加一碗葱油拌面，程祚山狼吞虎咽地吃完，将嘴擦干净便从店里走了出来。他正要离开，瞧见不远处有人群聚集，似乎在观看什么表演。

程祚山凑近些，发现是马戏团在街边广场上搭台，当然不是那种会有大象或空中飞人表演的专业班子，不过是几个人穿着马戏团的服装，表演抛接球跟钻火圈之类的小把戏。

人群熙熙攘攘，一个熟悉的身影也出现在这群人里面。

程祚山没看错的话，那个人正是吴彦霖。

此时台上正表演软体术的女孩，年纪不大，个子也不高，或许还未成年。她将腿抬高，架到脖子后面，之后保持不动。

按照时髦说法，这就像行为艺术，她脸上化着妆，难以瞧清真实面孔。

吴彦霖与女孩对视，仿佛听到女孩正在喊"救救我"。吴彦霖没有拯救他人的能力，他连自己都拯救不了，于是仓皇地从围观人群中离开。

程祚山悄无声息地跟了过去，瞧着吴彦霖钻进不远处的一家电玩城，他赶紧拿出手机，找到派出所民警白青青的联系方式。

"我看到吴彦霖了，他刚进了一家电玩城。"

"把你现在的位置发过来。"白青青担心程祚山会单独行动，又嘱咐了一句，"你不了解里面的情况，最好不要进去，我们很快就到。"

挂断电话，程祚山始终有些不放心，担心人会再一次不见了，于是没有听从白青青的劝告，悄悄走进了电玩城。

程祚山在电玩城中搜寻，门口的保安对他的身份毫不怀疑。程祚山不敢发出太大的动静，一直混在人群里，很快发现了吴彦霖的身影。

吴彦霖穿着棉服，正向电玩城的一个包厢走去，包厢门口有另一个保安值守，看来不是熟客很难入内。程祚山将身子藏到游戏机后面，暗中窥视，试图看清包厢里的情形。

让程祚山没有想到的是，吴彦霖很快被看场的保安拽着衣领拎了出来。吴彦霖没有本金，就连旁观的资格都没有，他将双手插到外套口袋里，正要离开，却瞧见了程祚山。

两个人一动不动，僵持着，谁都不知道对方接下来要做什么。

吴彦霖先反应过来，想从后门逃走，可是为了防备警方对电玩城进行突击检查，后门被反锁了。瞧见程祚山越逼越近，吴彦霖终于没忍住，拎起放在地上的灭火器，直冲着程祚山喷去。

电玩城瞬间白雾弥漫，引发不小的骚乱。吴彦霖正要逃离，却见程祚山掩住口鼻正从灭火器喷出的白雾里走出，头发、衣服都已花白。他眼睛刺痛，强忍着睁开双眼，立刻瞄准吴彦霖所在方位。

他低下头，像斗牛般向吴彦霖冲去。

程祚山跟吴彦霖打架都没章法，谁都不懂得闪躲，任凭对方将拳头一下下砸在自己身上。程祚山试图控制住吴彦霖的双手，但吴彦霖不服输，咬向程祚山的小臂。

不管吴彦霖咬得多么用力，程祚山死按着他的手不放，情急之下，吴彦霖一狠心，硬生生掰断了自己的手骨，这才有了抽身的机会。吴彦霖踉跄着试图朝电玩城外跑，没跑几步，突然有人从背后将他的身子再次扑倒，程祚山和吴彦霖在地上扭打起来。

这一回合，程祚山终于取得了主动权。

十数名民警突然从门外鱼贯而入，之前一直看热闹的赌客这时才反应过来，迅速作鸟兽散，经营赌场的庄家急忙拿钥匙打开后门，可刚一打开,就瞧见门外也已布置好了警力。

程柞山瞧见吴彦霖戴上了手铐,这才松了口气。

电玩城里的几台赌博机被民警用板车拉走。

几名涉嫌赌博的人也被警方抓获,正向门外押去。程柞山在游戏机厅找了一把椅子坐下,刚才跟吴彦霖打斗时,身上多处瘀青,小臂上也不知被什么东西划出一道口子。

"用不用去医院看看?"白青青走过来,将碘酒棉签递给程柞山。

"也不严重,养几天就好了。"

程柞山皮糙肉厚,而且伤口确实如他所说,只划破了皮,没必要上医院折腾一趟。

"之前在电话里就跟你说了,别轻举妄动。"白青青与程柞山打过几次交道,彼此已经熟悉了,"我看你呀,就是想借机把找不到女儿的气撒到吴彦霖身上。"

"如果不是因为他,这些事就都不会发生。"

程柞山叹了口气,女儿仍然下落不明,不知道还要在这里找上多久。

"我们找到你女儿了。"

白青青将地址发到了程柞山的手机上。

"她同意见你了。"

5

窗帘紧闭着,为的是不让阳光照进来,可谁又会讨厌太阳呢?

上海的冬夜湿冷，白昼太阳烤去了空气中的一小部分潮气，程小雪想被太阳烤化，变成一团模糊不清的气体，不被任何人察觉地生活下去。

新租的房子是卧室与客厅连在一起的一个小公寓，专门面向想从宿舍生活中逃离的大学生。公寓有独立洗漱间，但没有燃气。在找到这里之前，苏雨曦曾留程小雪在宿舍小住，虽然不合校规，但也无人提出异议。

后来苏雨曦从社团师姐那儿问到这家公寓，按照联系方式很快找到这栋半新不旧的公寓楼。程小雪搬来这里后，苏雨曦偶尔会来做客。屋里没有燃气，但有电磁炉，有排放油烟的排风系统，只是吸力不足。

程小雪曾尝试过在公寓烹饪食物，味道多日不能散去，之后索性不炒菜，只煮方便面或是订外卖饱腹。

三鲜方便面，以前程小雪上学时，饿了奶奶就会给她煮。用那种老铝锅，切些香菜、葱段放进锅里，煮好后连汤带面倒在大碗里。

程小雪胃口好的时候，要奶奶放两袋面饼，能全部吃干净。

在上海的大超市里，有很多牌子的方便面程小雪不认识，包装好看到诱人味蕾。可是买过几次试着煮，味道都不如三鲜伊面好，有人说是因为味精少。她的新工作在松江大学城对面的美甲店，程小雪还是学徒，以合同工入职，有底薪，收入按工作量定。

程小雪心细手巧，不过月余，已经有了回头客。

苏雨曦偶尔会带同学在手机上团购优惠券，结伴而来，程小雪便安静地听她们聊大学里的生活，聊哪些选修课有趣，聊哪些选修课好过。

民警白青青寻到美甲店时身着便衣，程小雪误将她当成了顾客。

"你们之间，没发生过什么不愉快的事情吧？"白青青问话时语气柔和。

程小雪摇了摇头。

"那你愿意见他吗?"白青青确认道。

程小雪想了想,怔了一会儿,点了点头。

程祚山在招待所办好退房手续,周宏亮原本打算送他过去,却被他婉拒。来上海这几天,他给周宏亮添了不少麻烦,更何况接下来的家事,他也不希望外人掺和进来。

程小雪知道父亲要来,见面后并未露出惊慌失措的表情,反而显得异常平静。倒是程祚山没能反应过来,在他看来,出了这么大的事,女儿的面颊应该是消瘦的。

可程小雪同离家时并无太大不同,脸蛋圆润,眼睛明亮,精神很好。

程祚山知道,他错过了程小雪最需要关心的低谷期。

又一次错过了。

又一次。

店里没有午休时间,客源主要是学生,中午反而更忙碌,程祚山只好等候。他们约好下午见面的确切时间,这种约定父女间已多年不曾有过,双方对话用的是比对客人还要生疏的口吻。

"那两点以后我再过来。"程祚山说。

"嗯。"

等候的时间漫长,与之前他寻找程小雪下落时存在心理时差。

秒针明明以相同的速度移动,却好像是截然不同的两个时空。

其间程祚山无事可做,便去对面的大学校园内闲逛,边漫无目的地行走,边斟酌着稍晚与女儿可谈的话题。

他们太久不曾交流,养成了坐到一起便会同时沉默的习惯。

以往程祚山从未试图与女儿沟通,因而也不会产生难以启齿的感觉。

此刻程祚山才体会到程小雪在家时的感受。他感觉每一秒都漫长，每一秒都试图开口，在心里反复斟酌措辞，紧张如纵火者将要点燃麦田，紧张如逃课学生被老师约谈家长。

程祚山反思之前的种种荒唐举动，试图找到原因。

怀疑好像癌症，一旦产生便迅速扩散，如针扎般刺痛。这种刺痛并非只是形容词，程祚山真的能感受到，尤其是膝关节。不知道是否与南方的湿潮天气有关系，他走起路来变得一瘸一拐。

迫不得已，程祚山在半路上找到石凳暂时休息，但浑身上下的肿胀感仍丝毫没有缓解。

关节炎从不与人谈判，也不会预约时间，它每次大驾光临，程祚山都只能硬挺。

在完全陌生的环境下，他瞧着眼前走动的人群。

有成群结队的女生手挽着手经过，她们不同于高中生，不再背书包上下课，而用手拎包，有布制的，有皮制的，或拎在肘窝，或拎在手里，似乎在上大学后，便不用再将课本背在身上，走起路来也轻盈起来。

如果程祚山在程小雪就读高中时就给予她关心，或许她就不会因为照顾奶奶与年幼的妹妹而失去本该属于自己的时间，不用窝在卫校学习打针，而是会去外地念一所不错的大学，过轻松的生活，

在旁人看来，程小雪所过的生活是她不够努力的结果。在外人眼里，程小雪有信赖她的妹妹，有待她还算不错的继母，有虽沉默寡言但并没遗弃她的父亲，而曾将程小雪弃之不顾的母亲也已幡然醒悟，带着万贯家财等着女儿谅解。

程小雪的愁苦似乎有些忸怩作态，令人厌恶，都认为她小题大做。

但程祚山经历过这段是非后，突然明白了程小雪的苦。

他又想起周宏亮说的"旁人不过是在看热闹"，他们冷嘲热讽，却从不理解程小雪悲观情绪丛生的缘由。

毕竟是别人的故事，就算明白前因后果，旁人也难以感同身受。程小雪无处诉说心事，或许是她太过懂事，过早明白就算同他人讲，也会被看作是无病呻吟、矫揉造作。

所以她在心里将原生家庭单独上锁，与人交往从不提及往事与父母，过当下的日子，继续近乎盲目地寻找迷宫的出口。

这些年，他究竟为女儿做过什么？

程祚山心里难过起来。

6

程祚山两点钟准时来到美甲店门口，瞧见女儿正换下美甲时穿的围裙，披上黑色的长款风衣走出来。

距离美甲店不远，有一家老鸭粉丝汤小店，营业到下午两点半，物美价廉。

"原本店开在上海市区，店老板的女儿在对面上学，父母放心不下，就决定把店搬到这边。"

程小雪好像比从前健谈了。

"你可以给我打电话的。"程祚山说道。

"不想折腾你跟陈虹阿姨，雯雯要上学，奶奶过世还不到百天，怕耽误你们的事情。"

"那换了手机号，也该告诉我们一声吧？"程祚山无法理解，

"不怕我们担心吗？"

"没想过。"程小雪这次回答得很快，"平时你们从不给我打电话，我以为自己是多余的。"

她没有说出实情，或许认为现在并非父女和解的最佳时机。

程小雪自然也不会告诉别人，关机有故意为之的成分，幻想父母会因她的无故消失而急到跳脚，以此来证明她在父母心里尚存价值，只是他们不善于表达。

但在程祚山找上门来前，这只是程小雪的幻想，现在成为现实，她突然间不知如何是好。

"你怎么会是多余的……"程祚山的话没再讲下去，细想起来，这个家里多余的人并不是小雪，"多余的人是我才对。"

程小雪扭头看向父亲，不明白为什么会从他口中说出这样的话。

"不管是现在这个家，还是之前的，我明明什么事都没为你们做过。"

"对不起。"程小雪知道自己做错了，"我不知道你来，而且遇到的这件事，也不知道该怎么告诉你，所以只能躲起来。"

"你躲起来，结果害我给别人添了那么多麻烦。"程祚山半开玩笑道。

"我听民警说了，刚才我也打电话给周经理和嫂子道歉了，他们不怪你，反而教训了我一顿。"程小雪鼓了鼓腮，"说你这个父亲了不起，嫂子还说你好像电视剧里的侦探。"

"可是有些事情我还是没搞明白……"

"我跟周经理没有不正当关系。"程小雪补充道，"如果你想问的是这件事。"

一时间，父女二人不知该说些什么，各自沉默，他们用喝汤的声音掩盖彼此的局促。

"其实咱俩都错了。"程祚山觉得自己有些滑稽,"一直在想怎么跟对方沟通,其实像刚才那样,想说什么直接说出来就好了。"

没等程小雪接话,程祚山已经把手机从怀里掏出,拨了夏丽芳的电话,那边很快接通。

"找到小雪了吗?"

"你跟她说吧!"程祚山把手机递给程小雪,想起刚才程祚山说的话,她不再犹豫。

"妈,我没事。"

"没事你关手机干啥!吓死我了!"夏丽芳在电话那边焦急说道,"你也别在上海待着了,跟你爸回西平,到时我去火车站接你,他们家没你睡觉的地方,妈这里还空着好几间屋子呢!"

"这边还有工作,暂时回不去。"

"把你现在的手机号发给我!钱够不够啊?妈用手机给你转点。"

程小雪刚想回答,却像吞了口热馄饨般,突然哑口。

她用手捂住自己的嘴,终于克制不住,大滴大滴的眼泪如雨点般落到了地上。

"对不起……"

程小雪哭出声来。

等春天再次来临,天气已不再寒冷,河水也不再冰冻,万物开始复苏。

这个世界上的恶意或许不会消除,但生活里的善意也不会消失。

当阳光无故缺席时,我们不该溺亡在长夜里。

应当相信缺席者会归来,长夜会结束。

尾声

(一)

陈虹将雯雯送到朋友家,下午先去理发店染烫了头发。

她常年于生活泥沼中挣扎,头发干枯,不到四十岁就已经有了白发。

染烫过程中,理发师推荐护发素跟优惠卡,陈虹不直接回答,只说先看看这次烫的效果再做决定。于是理发师尽心尽力,陈虹很满意,甚至有些难以置信。

镜子里的女人是她,似乎又与她毫无关系。

从理发店离开,陈虹钻入面包车,钥匙拧动数次才点着火,她不敢立刻踩油门,以防汽车再次熄火。冬季风大,陈虹担心骑电动车会吹乱刚做好的头发,这才选择驾车出行。

陈虹虽然有驾照,但常年没有摸过方向盘,她开车速度缓慢,后方车辆频繁鸣笛、超车。茂业百货在西平大街路东,开车过去要经过好几个红绿灯路口。面包车不争气,每次停车等红绿灯,再次启动时总会惹后面司机咒骂。

这让陈虹不免感到心烦。

她一路上心惊胆战,终于抵达目的地。陈虹舍不得商场地下车库一小时三块的停车费,抱着能省则省的生活态度,将车停在了离百货商场稍远的路边。

陈虹步行到商场大楼,十几分钟的路程,头发已经被毛线帽压塌。她只好先去卫生间将头发重新整理了一下,来逛街的愉悦心情,至此已经打折多半。

逛品牌服装店，陈虹看到与沈沫妈妈相同款式的羽绒服，标签上的价格让她心疼。售货员很热情，夸赞陈虹的发型漂亮，又说服装得衬人，这款羽绒服看上去就像是为陈虹量身定做的，穿上后显贵气。

但陈虹知道，贵气的不是自己，而是这四位数的衣服。

她最终还是将那件衣服放下，嘴上说着要再逛逛，但售货员明显识破了陈虹的谎言。售货员之前热情洋溢的笑很快消失，又在新来的顾客面前重新浮现。

离茂业百货不远有条步行街，陈虹打算再去那里碰碰运气。

临走前，经过商场一楼的宽阔大厅时，有车商在这里办车展，新款的国产越野车其实换一辆价格也不算太贵。陈虹上前向销售人员了解细节，得知有不少二手车公里数不高，价格便宜不少，又能免去购置税，于是彼此留下联系方式。

这算是她在商场逛街唯一的收获。

陈虹很快在步行街的小店里看到了喜欢的羽绒服，于是穿上买的新衣服开面包车到朋友家接上雯雯，向下一个目的地出发。

今天是西平公园冰灯节的第二天，节日并未因程祚山的缺席而延迟。

缺角的冰雕城堡已经被程祚山的同事毛超修好。有些孩子调皮，在城堡里钻来钻去。工作人员担心会把冰雕碰坏，很快找来护栏，想将城堡的四周围上，却被毛超拦了下来。

等冰灯节结束，迟早是要拆掉的，不如现在让孩子们尽情玩耍。

总比只是作为展览用的摆设好。

在来看灯的人群中，毛超瞧见了夏丽芳的身影。早年彼此见过几次，后来程祚山的母亲去世，再见到夏丽芳，她整个人像变了个样。

夏丽芳今天来这里看冰雕城堡，让毛超有些意外。但意外感持续时间不长,他瞧见从远处走来的陈虹,手里领着穿银色羽绒服的雯雯。

"嫂子。"毛超迎上前去。

"那个城堡,是你哥雕的?"陈虹好奇问道。

"对,说是雯雯喜欢。"

"毛超,能帮姐看会儿雯雯吗?"陈虹将视线转向长椅上的夏丽芳,"我约了人,得跟她说几句话。"

毛超点头,领着雯雯去看冰雕城堡了。陈虹则向夏丽芳走去。

今天的见面是陈虹主动提出的,选择西平公园,是因为她之前答应过雯雯,要带女儿来看程祚山雕的城堡。

陈虹虽然年纪比夏丽芳小不少,但因皮肤缺乏保养,再加上前段时间李秀芬去世,程小雪又不在西平,程祚山完全指望不上,她边工作边照料女儿,即使染烫了新发型也能让人一眼瞧出疲态。

但也正因这疲态,让陈虹显得比夏丽芳更有人情味。

"照顾孩子是件很辛苦的事。"这是陈虹的开场白。

"找我来有什么事情吗?"

夏丽芳的语气多少有些公事公办的意味,她对陈虹没有好感,潜意识里认为程小雪被继母慢待,没能得到很好的照顾。

陈虹并不介意,她从怀里掏出用牛皮纸包好的八千块钱,是程祚山之前向夏丽芳借的。

"这是我老公之前跟你借的钱。"

陈虹把钱往对方手里塞去,夏丽芳却没有接。

"钱是我给小雪的,程祚山借钱时我就说了,不用你们还。"

"如果只是还钱,也就不用见面了。"陈虹态度强硬,"正事等你把钱收下再谈。"

夏丽芳见没有商量的余地,只好把钱收下,随手放进包里。

"小雪给我打电话,让我来这里看一眼,回头给她发照片。"陈虹继续说道,"他们父女俩聊过了,十几年积攒下来的问题,肯定不是一次谈话就能解决的,但这至少是个好的开始。"

"我不知道你说的这些跟我有什么关系。"

不知为何,陈虹的话让夏丽芳有些没来由的恼怒,或许听另一个女人谈及自己曾经的丈夫跟亲生女儿,多少感觉有些被冒犯。

"跟你没有关系吗?"陈虹转头直视着她,"小雪遭遇这样的事情,却没向我们中的任何一个人求助,归根结底也有你的原因。"

无法反驳,夏丽芳只能沉默。她从未像现在这样紧张过,在一个无论相貌还是生活条件都远不如她的女人面前,夏丽芳突然感到自卑。因为在她缺席的时候,这个女人成为小雪名义上的母亲。

虽然不了解她们之间的相处方式与亲密程度,但至少要比夏丽芳这个生母强得多。

"以后我们会尽心照顾小雪,至少会努力尝试。"陈虹说出今天来见夏丽芳的真实目的,"但你作为小雪的生母,我希望你偶尔也能给她打打电话。"

夏丽芳将大衣裹紧些,停顿几秒后才开口问道:

"我是不是很不称职?"

两个人虽不是能够推心置腹的关系,但她确实有话想说。

"老程这个人吧,做朋友挺仗义的,但是女人,应该不想嫁给这样的男人吧!结婚以后不管家里的事,还在外面跟朋友吃饭喝酒,每天都在混日子。"陈虹笑了笑,"在你们离婚这件事上,应该只有我能理解你吧。"

"但你跟他却能过下去,我在想,当年会不会是我的问题?"

夏丽芳的话柔软起来,不再像之前那样针锋相对。

"当然有你的原因了。"陈虹叹了口气,"我是那种没有其他出路的人，又跟他有了雯雯，其实家里早已鸡飞狗跳，但是为了孩子，很多事我都忍了。"

这种情绪没必要隐瞒，陈虹在婚姻关系中受累，只能自己咬牙忍着，无法跟人抱怨。此刻夏丽芳却成了她唯一能够吐露心声的人。

"你跟老程离婚后，他自己应该也反思过，最起码把酒给戒了。他人不坏，也没那么多花花肠子，虽然日子过得辛苦，但至少踏实。十全十美的婚姻毕竟是少数，互相迁就呗。"

"你比我有耐心。"夏丽芳彻底放下戒备，"我这个人较真，喜欢争论对错。"

"能问你一个问题吗？"

"嗯？"

"当初你俩离婚时，如果条件允许，你会不会带小雪走？"

这个问题实在让人难以回答，夏丽芳也曾无数次想过，但最终答案并无不同。

"我并不讨厌孩子，只是不知道应该如何与她相处。"这是夏丽芳给自己找的借口，真相却并非如此，"其实在为人父母这件事上谁都没经验，只是有些人肯学，有些人却只想逃，这道选择题，我跟程柞山选了同一个选项。"

沉默良久，她们没再继续聊下去，两个人的视线都不约而同地看向城堡方向。

陈虹瞧见雯雯向她招手，她起身与夏丽芳道别：

"我先走了。"

"嗯。"

"再见。"

"再见。"

双方又回到生疏状态，仿佛刚才的对话从未发生过。

夏丽芳看着陈虹走向雯雯，记忆中她跟小雪也有过这样的相处，应该是小雪三岁的时候，也是这样冻人的季节。那时周末程祚山会骑摩托车带小雪跟夏丽芳去九菇湖。

女儿或许记忆不深，毕竟年龄太小，但夏丽芳没有忘记。原来那段看上去千疮百孔的经历，也有过不少快乐的回忆。可是为什么当初离婚时被她完全忽略了呢？

夏丽芳呆坐着，另一边的陈虹正用手捂着雯雯冻红的脸蛋。

"妈妈，爸爸雕的城堡好小。"雯雯嘟嘴道。

"那等过两天，妈妈带你去找姐姐跟爸爸，咱们一起去看大城堡，好不好？"

"好！"雯雯开心起来。

"谢谢。"陈虹向毛超简单道谢后，便牵着雯雯的手朝西平公园出口走去。

夏丽芳还坐在长椅上，她现在更像是公园里的冰雕，而不是有温度的活人，整个人陷入某种情绪，双手捂着脸，很快将大衣口袋里的墨镜戴上。

谁会在黑夜里戴墨镜？像个看不见路的夜旅人。

毛超好奇陈虹同夏丽芳谈话的内容，他无从知晓，但能猜到同程小雪有关。

毛超与程祚山不同，他一直在学习如何做父母这门比高数还要难的功课。

"爸爸！"

瞧见妻子领着儿子来看城堡，毛超弯腰一把将儿子抱起来，原地转了一圈。他扭头看向长椅处，夏丽芳已经不在那儿了。

夏丽芳戴着墨镜，听着周围无数家庭的欢声笑语走出公园，形单影只。

这不是她想要的归宿。

却是她做了无数选择后,最终换来的结果。

尾声

（二）

　　从松江区到迪士尼乐园横跨上海市中心，程祚山与陈虹原本约定在上海南站会合，但陈虹担心雯雯太小，吃不消绿皮火车卧铺二十几个小时的颠簸，便带雯雯先坐动车到济州市，再改坐飞机飞往上海浦东。机票价格比直飞能便宜几百。

　　雯雯没坐过飞机，感到新奇，一直看向窗外。

　　"妈妈，你以前坐过飞机吗？"雯雯问道。

　　陈虹摇了摇头，她是自己如何吃苦都能熬下去，却不愿委屈女儿的那种母亲。

　　周宏亮同妻子陈莉驾车送程祚山父女到浦东机场航站楼，旅客很多，如同迁徙的鸟儿，互不相识，却不约而同登上相同班次的飞机。得益于网上购票的便捷，不然售票窗口一定很热闹。

　　陈虹牵雯雯走出时，程祚山一时没反应过来。

　　妻子穿牛仔裤跟白色羽绒服，头发明显染烫过，呈深棕色。

　　印象中，陈虹从未在意过外貌与穿着，她是朴素主义者，并非因为有钱而选择朴素，而是为了家庭将就自己，很多事情得过且过，衣服旧了也不舍得扔，缝缝补补继续穿，这一点倒是像李秀芬。

　　但女人本性爱美，既然已破费带雯雯到上海来玩，也顺便对自己好一点。

　　毕竟这样的机会，一辈子也没有几回。

　　只是程祚山心里介意，之前急用钱时陈虹在乎定期存款的利息，此刻又花钱大手大脚。

他一向笨拙，有股轴劲，所以才不擅长与家人沟通，一说就错，索性闭嘴不言。陈虹了解丈夫的为人，也清楚他此刻的想法，趁程小雪与雯雯互相打闹时，凑到程祚山身旁，轻声说道：

"定期存款你打电话后的第二天，我就取出来了。你跟夏丽芳借的钱我还了，她最开始不要，说是给自己闺女花的，话我也跟她挑明了，小雪我养了这么多年，蹦出来的妈我陈虹不认。"

"那家里的存款还够花吗？"

程祚山仍然担心以后的生活。

"你回家以后再挣呗，放心吧，花多少，我心里有数。"

程小雪招呼程祚山与陈虹，几个人坐电梯到了地下停车场。小雪向周宏亮夫妻简单介绍了自己的家人。陈虹嘴上一直说着不好意思，埋怨程祚山做事莽撞，让他们不要介意。

众人驱车直接前往迪士尼，陈莉简单介绍沿途路过的高楼大厦，他们心照不宣，都没提程小雪在服装厂的遭遇。

迪士尼乐园附近的酒店价格昂贵，本来打算只玩一天，但雯雯之前拿陈虹的手机早已查过攻略。无奈之下，陈虹预订了乐园酒店的标准间，让程小雪跟雯雯一起住，她跟程祚山再去找一家便宜宾馆。

"票价也太贵了，四个人玩两天要花这么多钱。"

陈虹有些心疼。程小雪跟雯雯在前面看米老鼠，瞧见孩子们兴致勃勃的样子，她又高兴起来，挽起程祚山的手臂讲道：

"反正也不是天天来，要我说咱俩今晚也别走了，跟你在一起吃了这么多年苦，我也住住高级酒店。"

"外面的酒店也不便宜，没差多少钱，就跟孩子们一起住在园区吧。"

程祚山仍然寡言，但有些东西，在他的潜意识里正发生着某种变化。以前自己更像被他人照顾的一方，从来不曾承担起任何责任。可现在不一样了，他开始有了父亲的样子，有了丈夫的样子。

虽然这种变化并不明显。

迪士尼乐园的萨克斯、鼓、号等乐器组成庞大乐章，正欢迎着游客的到来。

幻想曲旋转木马，程小雪正抱着雯雯骑在马背上。在程祚山看来，这跟西平市广场十块钱一位的木马并无不同，但雯雯一定不这么想。

这是只属于大人的精明。

成人世界中没有童话故事，不在乎游乐园的精神价值，只在乎从他们口袋里掏走了多少银子。陈虹并不认同程祚山的想法。

"正因为生活太现实，有那么多的压力，大人才更需要童话故事！"

陈虹的话让程祚山难以反驳。

游乐园里的多数项目是为女人与孩子设置的，程祚山感到无趣，倒是一家四口一起看的话剧演出跟游乐项目"加勒比海盗——沉落宝藏之战"让他感到震惊。他从未想过，在一个儿童乐园里会有这样险象丛生的游戏，他们坐船驶入漆黑的洞穴，有人造烟雾，还有雷电交加，雯雯一头钻入程祚山怀里，前面坐着的陈虹跟小雪也紧搂着彼此。

程祚山突然希望，音响里发出的雷声，能更响一点。

他希望能一直随船漂流下去，永无尽头。

程祚山清楚，等旅行结束，他们又将面对生活里的琐事与麻烦。

夜幕终要降临，那是雯雯的公主梦。

也是程小雪的。

或许，也是陈虹的。

一家人来到城堡的正前方，这里挤满了人，程祚山将雯雯放到自己肩上。他又想起程小雪，扭头看去，见她就在自己身旁站着，踮着脚，一只手被雯雯紧攥着。

"姐姐！快看！烟花！"

烟花绽放，城堡随灯光变幻着颜色，成为这部影片最完美的落幕。

也许落幕后的人生仍然艰难。程小雪紧握着妹妹柔软的手，梦想这一刻能成为永恒，虽然以后的生活，没人能够保证会一成不变。

程小雪脸上兴奋的笑容逐渐消失，如同眼前接近尾声的烟火。

尾声

（三）

"为什么要关心我？"

一脸颓废的程小雪坐在招待所床边，周宏亮坐在书桌前的转椅上，正对着程小雪。

"毕竟整件事因我而起。"周宏亮歉疚道。

"只是这样吗？"

程小雪直视着周宏亮的眼睛。她已经成年，经历过原生家庭与服装厂风波的反复洗礼，整个人如她身上这件白色半袖般早已失去弹性，皱巴巴如别人弃之不用的抹布，但她眼里重新归来的光，正期待着周宏亮的回答。

周宏亮没答话，几秒钟像几小时般漫长。

他看到程小雪从床边站起身，慢慢朝他走来。

那件白色上衣完全贴到了周宏亮脸上，程小雪有如丝绸般光滑的手正抚摸着他挽起袖子露出的小臂。周宏亮终于摆脱视而不见的心理羁绊，直视那张能感觉到呼吸轻喷到他脸上的少女的脸。

"只是这样吗？"

程小雪重复着刚才的问题。

周宏亮大脑一片空白，再难说出任何话语。

只是这样吗？

众人口中的谎言，在谎言过后，成为真相。有人说过，真相与谎言的对垒，从来没有平局。但这次比赛，无论是谎言还是真相，都输得一塌糊涂。

"以后打算怎么办？"周宏亮系好衬衫上的纽扣。

程小雪用被子裹住身体，声音轻柔道：

"或许会离开吧，回家或是去市里找份新工作。"

"如果你想留下来，我可以帮你。"

"我是那种别人对我关心一点，便想用一辈子去还的人……我不想再欠你任何东西。今天什么事都没发生，我们以后也不会再有联系，所以你不用有任何负担，保重。"

"嗯……保重。"

【全文终】

后记

这是一部写于二〇二〇年的故事。

我试图从这部小说中，寻找到内心困惑的答案。

在我至今的人生中，从不缺少选择，却得不到指引，只能自己寻找救赎。

现在终于明白，写作是我窥视内心的唯一方式。在这个故事的创作过程中，我常常立场摇摆，缺乏对现实世界精准而清晰的认知，于是写出来的文字也摇摆起来，好像正在舞蹈的海草。后来产生"错"觉，认为有时笔下人物无须对世界有精准认知，他们大多懵懂，缺乏强有力的主动性，在生活的夹缝中努力寻找出路。

我写《寂寞的季节》，写这样模糊不清的人物，是希望能带着他们向前走，带着他们去抗争现实，带着他们去遇见光，去感受温暖，于是不再思考对错，凭直觉将小说完成。

写作初稿时，我恰巧重读《红楼梦》，怜惜林黛玉，终于明白她，且感受到她的苦。

换成以往，又该毫无同情心般地疑惑：这名少女为何如此爱哭？

滴不尽相思血泪抛红豆，开不完春柳春花满画楼。睡不稳纱窗风雨黄昏后，忘不了新愁与旧愁。咽不下玉粒金莼噎满喉，照不见菱花镜里形容瘦……

——曹雪芹《红楼梦·红豆曲》

我创作小说的经验有限,但写到现在,懵懵懂懂中好像摸到了某种脉络,至少字里行间的刻意变得稍微自然了一些,以往的文笔更是惨不忍睹。

《寂寞的季节》初稿完成的时间太早,无论是故事还是文笔,都要比《无声的回响》差,但我个人喜爱。比起《无声的回响》,这个故事更淡,像是一部漫长的电影,尝试多人视角在叙事中来回切换,每个视角下,夹杂并非客观的记忆,超出常规的阅读逻辑。

每个人物的视角不同,所以程小雪与程柞山的不同视点,所反映出的人与事其实都带有主观色彩,并非完全客观的讲述。我在写作时有意加重人物在不同视点里的矛盾感,原本想让故事能如影视剧《叹息桥》般,展现出每个人的主观臆想与客观现实间的不同,但能力实在有限,虽有这么好的想法,落笔后却无法准确表达。

我写作仍然脱离不了剧本创作的习惯。

以前创作剧本时读罗伯特·麦基的《故事》《人物》《对白》,养成了机械如数理化般的创作思维与惯性,现在也有很多线上课程教人如何写作,但我写作小说时又常想起《死亡诗社》里撕书的画面:

哦,船长,我的船长。

写作应该跟随直觉,凭直觉写出的文字里住着神灵。

感谢读者,感谢在我创作过程中愿抽出时间阅览拙作并提出建议的诸多好友。

你们能够阅读至此,便是对我写作的小小认可,不足还有很多,请给我时间慢慢进步。

二〇二四年二月二十三日